75 # B

la courte échelle

350

D0727847

Les éditions de la courte échelle inc.

Denis Côté

Denis Côté est né le 1er janvier 1954 à Québec où il vit toujours. Diplômé en littérature, il a exercé plusieurs métiers avant de devenir écrivain à plein temps.

Pour les jeunes, il a publié dix-sept romans et deux recueils de nouvelles, en plus de participer à deux recueils collectifs.

Ses romans jeunesse lui ont valu un bon nombre de prix et mentions, dont le Prix du Conseil des Arts, le Grand Prix de la science-fiction et du fantastique québécois, un premier prix des clubs de lecture Livromagie et le Grand Prix Montréal/Brive du livre pour adolescents pour l'ensemble de son oeuvre. Certains de ses livres ont été traduits en anglais, en danois, en espagnol, en italien, en néerlandais et en chinois.

Amateur de musique pop, de cinéma et de BD, il aime la science-fiction, les romans policiers et les histoires d'horreur. C'est d'ailleurs exactement ce qu'il écrit depuis 1980.

Descente aux enfers est le douzième roman qu'il publie à la courte échelle.

Du même auteur, à la courte échelle

Collection Roman Jeunesse
Les géants de Blizzard

Série Maxime:
Les prisonniers du zoo
Le voyage dans le temps
La nuit du vampire
Les yeux d'émeraude
Le parc aux sortilèges

Collection Roman+
Terminus cauchemar

Série des Inactifs:
L'arrivée des Inactifs
L'idole des Inactifs
La révolte des Inactifs
Le retour des Inactifs

Denis Côté

Descente aux enfers

la courte échelle

Les éditions de la courte échelle inc.

Les éditions de la courte échelle inc.
5243, boul. Saint-Laurent
Montréal (Québec) H2T 1S4

Illustration de la couverture:
Philippe Béha

Conception graphique:
Derome design inc.

Révision des textes:
Jean-Pierre Leroux

Dépôt légal, 1er trimestre 1994
Bibliothèque nationale du Québec

Cette édition est une édition revue et corrigée
Titre original: *L'Invisible Puissance*
                Les Éditions Paulines, 1984

Données de catalogage avant publication (Canada)

Côté, Denis

   Descente aux enfers

   Nouv. éd. rev. et corr. —

   (Roman+; R+31)
   Publ. antérieurement sous le titre: L'Invisible Puissance.
Montréal: Éditions Paulines, © 1984, dans la coll.: Jeunesse-pop.
Science-fiction.

   ISBN: 2-89021-208-4

   I. Titre.   II. Titre: L'Invisible Puissance.

PZ23.C67I58 1994   jC843'.54   C93-097317-8

Prologue

«Mort aux Androgynes!»

Pour Nicolas Saint-Laurent, l'histoire débuta par ce graffiti peint en grosses lettres noires sur un mur de la station Jean-Talon.

La haine était éclatante dans cette inscription. Une haine agressive, brutale.

Nicolas l'examina un moment. Il était troublé. À ce moment-là, il ignorait le sens du mot «androgyne».

«Quelle sorte de détraqué peut bien avoir écrit ça?» se demandait-il.

Puis, sans transition, il pensa au travail qui l'attendait dans sa boutique, aux représentants qu'il devait y rencontrer, aux nombreuses piles de disques qu'il avait à classer.

De fil en aiguille, il songea au spectacle qui aurait lieu deux jours plus tard au Stade olympique et qu'il ne manquerait pour rien au monde.

Et, bien sûr, il repensa à Stark.

Il avait tellement hâte de revoir Stark sur une scène, surtout que le chanteur britannique n'était pas venu à Montréal depuis des années!

Tournant le dos au graffiti, il observa les gens de l'autre côté de la voie, qui attendaient le métro comme lui.

«Mort aux Androgynes!» avait disparu de ses pensées.

Nicolas ne pouvait pas savoir que ces mots ressurgiraient très bientôt dans sa vie. Il ne pouvait pas deviner non plus qu'en les lisant tout à l'heure il avait fait le premier pas qui le conduirait en enfer.

Chapitre 1

Les Androgynes

Quand le représentant de Transamérique fut parti, Nicolas secoua la tête en grimaçant:

«Il ne s'attendait pas à ce que je lui prenne le nouveau Chantal Parizeau, quand même? Eh! il sait très bien le genre de musique que je vends ici! Alors, pourquoi il me fait la gueule?»

En ouvrant ce commerce, cinq ans auparavant, Nicolas avait réalisé un rêve datant de la fin de son adolescence. Il avait maintenant trente-deux ans. Plus que jamais la musique était sa raison de vivre.

Jeune, il avait souhaité devenir un musicien aussi bon et aussi célèbre que ses idoles. Combien de fois, alors, s'était-il imaginé en train de donner le concert le plus électrisant de toute l'histoire du rock? Combien de fois avait-il vu ces milliers de jeunes filles qui tendaient leurs bras vers lui en hurlant qu'elles l'aimaient?

Lorsqu'il avait commencé à travailler après de courtes études, il n'avait qu'un but en tête: s'acheter une guitare électrique. Une fois ce voeu accompli, toutefois, il découvrit assez vite qu'il ne possédait aucun talent musical. Il remisa donc avec tristesse sa superbe guitare 1978 pour partir à la recherche d'un nouveau rêve.

Les métiers qu'il exerçait à cette époque, plongeur, livreur de pizza, cuisinier dans des casse-croûte, ne lui procuraient pas une ombre de satisfaction. Cependant, la musique continuait à le hanter...

Des groupes comme *Genesis, Pink Floyd, Jethro Tull, Supertramp*! Et des chanteurs comme Dylan, Bowie, Zappa, Lennon! Il achetait tous leurs disques et les écoutait durant des heures comme un drogué inassouvi.

C'est en voyant ces albums s'accumuler dans son appartement qu'il conçut son projet. Un jour, il aurait sa propre boutique de disques! Et son commerce serait consacré à la musique qu'il chérissait!

Oui, foi de Nicolas Saint-Laurent, ce serait le sanctuaire montréalais de la musique des années 70!

Il travailla chez des disquaires, histoire de se faire la main en prévision du grand jour.

Ce jour béni arriva au mois d'avril 1989.

Sa boutique était située dans le quartier Côte-des-Neiges. Elle était petite. Après cinq ans, son chiffre d'affaires était resté modeste, mais Nicolas n'était pas déçu. Au contraire, il se sentait comblé de pouvoir vivre ainsi de sa passion.

On était au milieu de l'après-midi. Peu de clients entreraient dans le magasin d'ici la fermeture. Jetant un coup d'oeil sur les piles entassées dans le fond, à même le sol, il se dit qu'il était temps de faire du rangement.

Depuis que la technologie au laser avait été mise au point, peu d'albums des années 70, somme toute, avaient été repris en compacts. Pour satisfaire ses clients, Nicolas devait donc leur offrir une grande quantité de microsillons d'occasion en vinyle.

Il s'agenouilla à côté de la première pile. Sur le dessus, se trouvait *The Court of the Crimson King*. Il contempla la pochette un long moment. Puis il retira le disque et alla le déposer sur le tourne-disque derrière le comptoir.

La musique de *King Crimson* flotta dans la boutique. Sourire aux lèvres, Nicolas se dit que s'il continuait à ce rythme, le classement ne serait pas fini avant l'année prochaine.

***

Il tomba sur un deuxième graffiti en revenant de son travail. Cette fois, il était à la station Berri-UQAM. L'inscription ne s'y trouvait pas quand il était parti ce matin-là, il en était sûr.

«Les Androgynes sont dégénérés! Ils doivent être purifiés!»

«Bizarre, se dit-il. Il y a vraiment des gens qui ont du temps à perdre!»

Décidément, ces inscriptions l'intriguaient. Et que signifiait donc ce satané mot «androgyne»?

«Bah! Ce n'est pas la première fois que je vois des graffiti incompréhensibles!»

Se forçant à penser à autre chose, il s'éloigna du mur et se mêla à la foule qui se hâtait vers les escaliers.

***

Il mangea seul à l'appartement, ce soir-là. Sa soeur Hélène, qui vivait avec lui depuis près d'une année, lui avait dit de ne pas l'attendre.

Cela arrivait fréquemment. Il s'était d'ailleurs rendu compte qu'il préférait que les choses soient ainsi. Les repas qu'il partageait avec sa soeur, en effet, étaient invariablement tristes et frustrants.

C'était toujours lui qui les préparait. Puis, quand ils se trouvaient à table, il essayait d'entamer la conversation en questionnant Hélène sur sa journée. Alors, ou elle lui faisait les réponses les plus courtes possible, ou elle grognait en se tournant vers le téléviseur qui trônait au-dessus du frigo.

Il avait fini par s'habituer et n'attendait plus grand-chose de ces repas à deux. En fait, il n'attendait plus grand-chose de sa relation avec Hélène, point à la ligne.

Deux ans plus tôt, elle avait quitté la maison familiale pour étudier au cégep. Mais ses études n'avaient été qu'un prétexte, il le savait bien. La vraie raison de son départ, c'était qu'elle n'en pouvait plus de demeurer avec «maman».

Leur mère était alcoolique. Quant à leur père, il avait toujours travaillé au moins treize heures par jour. Après vingt-sept ans de mariage, il s'était résolu à demander le divorce, puis il avait coupé les ponts entre lui et ses enfants.

Pour Nicolas, les absences de son père, les beuveries et la violence de sa mère n'étaient plus que de mauvais souvenirs. Du moins le croyait-il.

Mais Hélène n'était âgée que de dix-sept ans. Elle avait cinq ans lorsque son frère était parti de la maison. Douze lorsque ses parents avaient divorcé. Elle avait donc vécu une grande partie de son adolescence seule en compagnie de sa mère.

L'année dernière, Nicolas l'avait invitée à partager son appartement. Il espérait que leurs liens se renoueraient de cette façon. Car il fut un temps où le grand frère et la petite soeur avaient été extraordinairement proches l'un de l'autre.

Il s'était occupé d'Hélène dès sa naissance. Il lui avait donné le biberon, avait changé ses couches, l'avait bercée. Il avait joué à la poupée avec elle. Il l'avait promenée dans le parc, avait inventé des compétitions de balançoire pour l'amuser.

Même parti de la maison, il l'avait aidée à faire ses devoirs.

Cette intimité avait duré jusqu'à ce qu'il ouvre sa boutique. Après cela, il avait eu de moins en moins de temps à consacrer à Hélène. Et puis, devenue une adolescente, ne pouvait-elle pas se passer de lui désormais?

Elle accepta son invitation de venir habiter avec lui. Mais leurs retrouvailles furent un pitoyable échec.

Assez vite, Nicolas découvrit en elle une tout autre personne que celle qu'il avait dorlotée. Elle était fermée comme une huître, à présent. Elle tenait des propos négatifs sur tous les sujets. Parfois même, elle avait des accès de colère qu'il ne lui avait jamais vus auparavant.

Elle rentrait souvent à des heures tardives ou couchait chez des copines qu'il n'avait jamais rencontrées. À quelques reprises, elle avait emmené des amis à l'appartement sans même qu'il ait eu le temps d'apprendre leurs prénoms.

Il ne savait tout simplement plus qui était sa soeur. À part le fait qu'elle étudiait en administration et qu'elle éprouvait beaucoup de difficultés, il ne connaissait rien d'elle.

Après un an, il s'était résigné à ignorer où elle avait passé la soirée ou la nuit. Il se disait qu'elle avait le droit de vivre comme elle l'entendait et que cela ne le regardait pas.

Malgré tout, cette situation lui faisait énormément de peine. Il ne pouvait s'empêcher non plus de s'inquiéter pour cette jeune fille qu'il avait si souvent serrée dans ses bras lorsqu'elle était petite...

Il regardait l'émission *Star Trek: The Next Generation* lorsque les graffiti remontèrent à sa mémoire. S'écartant du téléviseur, il alla dans sa chambre consulter son dictionnaire.

«Androgyne» signifiait «individu doté des caractères des deux sexes».

«Complètement stupide! L'auteur de ces graffiti aurait besoin d'un bon psychiatre.»

Il referma le dictionnaire en faisant claquer la couverture. Puis il retourna au salon où l'attendait l'équipage du vaisseau spatial *Enterprise*. L'androïde Data disait au capitaine Picard qu'il avait du mal à comprendre la mentalité qui régnait sur la Terre à la fin du XXe siècle.

«Tu n'es pas le seul, mon cher Data, pensa Nicolas Saint-Laurent. Oh! non! tu n'es vraiment pas le seul!»

***

Le lendemain, les équipes d'entretien du métro avaient effacé les deux graffiti.

Mais, à la station Côte-des-Neiges, il en vit un nouveau qui le mit en colère. Celui-ci disait:

«Stark = Androgyne».

Individu doté des caractères des deux sexes? Non, il ne voyait vraiment pas comment la définition du mot «androgyne» pouvait s'appliquer au chanteur!

Mais il était fâché surtout pour une autre raison. Cette fois, la haine exprimée par le graffiti visait une cible précise: Stark! Son idole! Celui dont le spectacle clôturerait le rassemblement de demain soir!

S'il avait pu lui-même effacer l'inscription, Nicolas l'aurait fait sur-le-champ.

Il comprit soudain qu'il n'était pas seulement en colère.

Il avait peur aussi.

Sans trop savoir pourquoi.

Chapitre 2

Stark

— Le sida et la détérioration de l'environnement ne sont pas les seuls problèmes qui menacent l'humanité... Lisez-vous les journaux? Si oui, vous méritez une médaille! Parce qu'il faut avoir un moral en béton pour suivre l'actualité de nos jours!

Un murmure pareil à un vrombissement traversa la foule.

Dans les gradins et sur le parterre, des bannières flottaient par centaines au-dessus des têtes. «Rejetons la violence», disaient-elles. «Le racisme: c'est non», «Plus de guerres! Jamais!», «La justice est possible sur cette planète»...

Une femme seule occupait la scène aménagée sous le tableau d'affichage du Stade olympique. Comparativement à l'impressionnant matériel acoustique installé derrière elle, elle était minuscule.

— Ce qui m'inquiète, c'est l'accroissement de la violence. Il y a de plus en plus de meurtres commis par des jeunes! Le trafic de la drogue se porte très bien, merci! À Montréal, on voit de plus en plus de crimes à connotation raciste! Les néo-nazis sont en train de se faire un nid, même ici, même au Québec!

Un silence grave répondit à ces paroles.

— En Europe, on observe de nouveaux conflits armés avec, en prime, la «purification ethnique» qu'on croyait disparue depuis Hitler! Pendant ce temps-là, le nombre de sans-emploi et de pauvres ne cesse de grandir! Et la société n'offre aucun espoir à la jeunesse!

Nicolas était venu seul à cette manifestation.

S'il avait accepté de débourser cinquante dollars, c'était pour assister au spectacle de Stark, pas pour entendre des discours.

Pourtant, il était ému, lui aussi, presque bouleversé. À présent, il comprenait mieux les raisons pour lesquelles le rassemblement avait été organisé.

Il lui arrivait rarement de s'arrêter à des questions comme la justice, la démocratie et l'intolérance.

Tout cela l'intéressait, mais ses réflexions n'allaient jamais très loin.

«En tout cas, cette femme a raison quand elle dit qu'il faut avoir le moral pour lire les journaux!»

Lui, il ne les lisait plus depuis des années.

— Mes amis, poursuivait l'oratrice, il n'existe qu'une solution à tous ces problèmes. Cette solution, c'est l'espoir! N'écoutons plus les mensonges de ceux qui nous gouvernent! Continuons à croire à nos idéaux! Réalisons la justice dans ce monde! Disons non à la violence et au racisme! Refusons la misère et la pauvreté!

Les dizaines de milliers de spectateurs lui accordèrent une ovation. D'un geste de la main, elle salua la foule une dernière fois, puis elle disparut dans les coulisses.

Les manifestants applaudissaient et hurlaient sans relâche.

Puis un musicien surgit sur la scène. Tandis qu'il s'installait derrière ses claviers, la vague sonore s'amplifia. Un Noir portant un costume bariolé s'élança vers les percussions.

Tous les musiciens arrivèrent ainsi à tour de rôle.

Les acclamations atteignirent leur paroxysme à l'apparition de Stark. Le chanteur salua la foule avec enthousiasme, voulut dire quelque chose dans le micro, mais la clameur était trop forte.

Un refrain montait de partout, d'abord désaccordé, puis à l'unisson. Nicolas s'était mis à chanter, lui aussi. Il ne quittait pas des yeux la silhouette qui se déplaçait au milieu de la scène.

Stark leva une main pour réclamer un peu de silence. Il prononça ces paroles en français:

— Et si nous disions à nos gouvernants que nous en avons marre de leur stupidité? Si nous leur disions que nous avons choisi l'espoir?

«Ouiiiiiiiiiiiiiiiiiiiiiiii...!» hurla la foule.

— L'espoir nous emportera parce que la vie est plus forte que la mort!

Dans les haut-parleurs, une guitare miaula, suivie d'un roulement de batterie. Stark commença à remuer sur un rythme africain.

The solution is not the constitution
Not the words of our leaders
The solution is the heart of every son
And daughter of this world

Nicolas, qui adorait cette chanson, s'était un jour amusé à la traduire:

«La solution, ce n'est pas la constitution. Ni les discours de nos dirigeants. La solution, c'est le coeur de chaque fils et de chaque fille de ce monde.»

La fredonner ainsi avec des milliers d'autres personnes lui procurait un rare plaisir.

Stark n'avait pas changé depuis que Nicolas l'avait vu au Forum, quatre ans plus tôt.

Même corps athlétique, même tignasse blonde, même voix envoûtante et un peu jazzée.

C'était Stark, l'auteur de *Roxie* et de *Bottle in a Spaceship*, l'un des monstres sacrés de la musique pop actuelle!

Très conscient de l'effet presque magique de sa présence, il y alla de ses plus grands succès.

La foule survoltée continua à chanter avec lui.

Le spectacle se prolongea jusque vers

vingt-trois heures. Depuis un bon moment déjà, la pleine lune s'était hissée dans le ciel sans nuages.

Il n'y avait que des visages souriants dans la foule qui s'achemina ensuite vers les sorties.

Nicolas prit le métro jusqu'à Berri-UQAM, puis il marcha vers l'avenue des Pins où il demeurait.

Chez lui, il fut incapable de détacher ses pensées du spectacle. Il sortit de sa bibliothèque d'anciens magazines de rock et passa plus d'une heure à les feuilleter. Soudain, il se rappela l'existence de sa vieille guitare électrique.

«Je sais que c'est idiot, mais j'ai envie de la toucher!»

Il la tira du placard. Elle était en bon état, mais incroyablement démodée. Il brancha son instrument à son ampli. Péniblement, il réussit à jouer les premières notes d'une chanson de Stark. Puis il gratta les cordes sans se préoccuper des accords et commença à chanter.

En voyant sa soeur appuyée au chambranle de la porte, il se figea.

— Hélène? Euh, je ne m'attendais pas à...

Elle le regardait d'un air narquois.

Hélène était petite, maigrichonne, pas vraiment jolie. La plupart du temps, elle portait des vêtements sans élégance comme ce tee-shirt noir, ce jean trop court et ces bottines qui ne lui allaient pas du tout. Quant à sa coupe de cheveux, faute de pouvoir la définir avec plus de précision, Nicolas la qualifiait de punk.

— Franchement, dit-elle, on ne peut pas dire que tu fais très adulte en ce moment! Qu'est-ce que tu dirais, toi, si tu me surprenais en train de jouer à la poupée?

Il posa sa guitare contre un mur.

— Tu ne peux pas comprendre! soupira-t-il. Tu ne t'es jamais intéressée à la musique!

S'éloignant de lui, elle entra dans la cuisine et sortit un pot de beurre d'arachide du garde-manger.

— Assieds-toi, dit Nicolas qui l'avait suivie. Je vais essayer de t'expliquer...

Elle commença à se beurrer une tranche de pain.

— M'expliquer quoi? Que la musique adoucit les moeurs?

— Non! Je voudrais juste te faire comprendre un peu le plaisir que j'ai eu ce soir!

Faussement obéissante, elle s'assit.

— Tu connais Stark, évidemment?

— Difficile de faire autrement! On l'entend tous les jours à la radio!

— Bon! D'abord, deux mots pour te situer le personnage, O.K.? Avant de chanter en solo, il faisait partie du groupe *The Firemen*. Il jouait de la basse et composait la plupart des morceaux, paroles et musiques. Tu as déjà entendu la chanson *Roxie*?

— Ça date de ton époque ou c'est une chanson moderne?

Ce sarcasme donna à Nicolas l'envie de se taire.

Hélène mordit dans sa tartine pour montrer que sa faim était plus importante que les propos de son frère.

— Après la séparation des membres des *Firemen*, reprit-il, Stark a fait parler de lui plus que jamais. Toujours là pour défendre des causes comme la lutte anti-apartheid, la qualité de l'environnement, les recherches sur le sida... Il a même séjourné en Amazonie parmi des indigènes pour protester contre la destruction des forêts.

— Il ne doit pas être reposant, ce gars-là!

***

La limousine s'arrêta devant l'entrée principale de l'hôtel Reine Élizabeth. Stark et son épouse ouvrirent les portières. Un employé vint à leur rencontre. Même s'il faisait nuit, la température était encore très élevée.

Pendant qu'ils se dirigeaient vers les portes, une ombre s'approcha d'eux par derrière.

Stark se retourna lentement et il reconnut cet homme aux lunettes noires et à la chemise crasseuse. C'était un chasseur d'autographes qui rôdait devant l'hôtel depuis la veille.

Barrant le chemin au couple, il brandit le nouveau disque compact de Stark, *Preacher's Songs*.

Le chanteur prit le disque et le crayon que l'homme lui tendait, ouvrit le coffret et écrivit son nom. L'admirateur le remercia avec un sourire, puis il s'éloigna à reculons.

Stark et sa compagne pénétrèrent dans le hall de l'hôtel.

***

Étendu sur son lit, Nicolas regardait le plafond, mais c'était le visage de sa soeur qu'il voyait.

Elle avait tourné en dérision tout ce qu'il lui avait raconté à propos de Stark! Il avait le goût de pleurer. En même temps, il se trouvait ridicule d'avoir tenté de lui communiquer son enthousiasme.

«Elle est morte à l'intérieur! Parler avec elle, c'est comme essayer d'émouvoir un cadavre!»

Pourquoi avait-elle changé à ce point? D'accord, elle avait passé trois ans seule avec une mère à moitié folle! Mais cela avait-il suffi à la transformer si profondément?

Quelques semaines après le début de leur cohabitation, il avait commencé à croire qu'elle se livrait à des activités illégales. Qu'elle se prostituait, par exemple. Ou qu'elle vendait de la drogue. Il envisagea même la possibilité qu'elle soit toxicomane.

Comment interpréter autrement le secret absolu derrière lequel elle se retranchait? Non seulement elle ne lui disait rien, mais elle se comportait aussi comme si elle avait quelque chose à cacher.

Lorsque quelqu'un téléphonait, elle décrochait son appareil avant la deuxième sonnerie. Nicolas n'avait jamais l'occasion d'entendre la voix de ses interlocuteurs. Ensuite, la porte de sa chambre bien fermée, elle parlait tout bas, comme une personne aux aguets.

Une fois, il avait essayé de tirer cela au clair.

Il lui avait d'abord confié ses sentiments. Puis, devant le silence qu'elle lui opposait, il s'était résolu à lui poser des questions directes.

La crise de rage qu'elle fit alors lui enleva à jamais l'envie de revenir sur le sujet.

Il n'avait jamais vu quelqu'un d'aussi agressif, sauf leur mère quand elle engueulait son mari.

Hélène ne lui avait plus adressé la parole durant toute une semaine.

***

Stark et son épouse ressortirent de l'hôtel. Ils voulaient faire une promenade avant de se coucher.

Le regard du chanteur fut attiré par un mouvement sur sa gauche. L'ombre était encore là. Il hésita un peu, puis il prit sa compagne par le bras et changea de direction.

Un bruit de pas se fit entendre dans leurs dos. Agacé, Stark s'arrêta. Le chasseur d'autographes se posta devant lui.

Stark songea à rebrousser chemin et à réintégrer l'hôtel. Il regarda sa compagne avec un sourire d'excuse. L'homme déroula un poster sous son nez.

— *It is for my young brother,* expliqua-t-il dans un mauvais anglais. *He will be very... very...*

Stark n'eut pas le temps de faire un geste.

Venu de nulle part, quelqu'un s'était abattu sur lui, et Stark s'écroula sur le trottoir. Son épouse poussa un cri. Le chasseur d'autographes recula.

Une femme se tenait au milieu d'eux, un poignard ensanglanté à la main!

Le chanteur, face contre terre, ne bougeait pas. Une tache de sang s'élargissait sur sa chemise.

Sa compagne s'agenouilla à ses côtés en pleurant. Elle toucha les cheveux, la nuque et les épaules de l'homme qu'elle aimait, mais ce dernier demeurait immobile.

Des employés de l'hôtel accoururent. La femme qui avait poignardé Stark jeta son arme sur le sol.

Horrifié, le chasseur d'autographes lui demanda:

— Te rends-tu compte de ce que tu viens de faire, espèce de...?

Elle eut alors un sourire étrange, naïf et plein d'innocence. Le sourire d'un enfant, en quelque sorte.

Puis elle leva la tête en cherchant la lune des yeux et elle dit:

— Oui, je m'en rends compte! Je viens de tuer Stark!

Chapitre 3

Arthur X

«Le chanteur britannique Stark a été poignardé, la nuit dernière, devant l'hôtel Reine
Élizabeth. Il a été immédiatement transporté
à l'hôpital, où l'on a constaté son décès aux
environs de deux heures trente du matin. Un
témoin important a été arrêté.»

Nicolas venait d'allumer la radio. Cette
nouvelle l'avait estomaqué.

Il n'y croyait pas. C'était une blague! Il
s'était trompé de station et était tombé sur
une mauvaise émission d'humour!

Mais quand il s'aperçut que les autres
stations répétaient la nouvelle, il fut bien
forcé d'admettre la vérité.

Il se prit la tête à deux mains.

«Pour quelle raison l'a-t-on assassiné? Stark n'était pas un politicien ni un gangster! Personne ne pouvait souhaiter sa mort, bon Dieu!»

Lui qui ne lisait plus les journaux se précipita chez le dépanneur pour acheter tous les quotidiens.

Naturellement, le crime faisait partout la une. Les pages culturelles relataient la carrière du chanteur. Sur les circonstances de l'assassinat, toutefois, les journaux n'en disaient pas beaucoup plus que le bulletin de nouvelles.

L'assassin, une femme, s'était laissé appréhender sans résistance par la police. Elle s'appelait Diane Turcotte et était âgée de vingt-deux ans. Elle vivait à Montréal avec son père. C'était à peu près tout ce que l'on savait d'elle pour l'instant.

Les chansons de Stark passèrent à toutes les stations MF presque sans interruption. La mort dans l'âme, Nicolas resta chez lui à écouter la radio. Il était incapable d'aller travailler.

Au début de l'après-midi, poussé par son instinct, il se rendit en métro devant l'hôtel Reine Élizabeth. Là, il constata que des centaines d'admirateurs avaient eu la même idée. Ils bloquaient la rue qui longeait l'entrée principale. Certains portaient un brassard noir en signe de deuil. D'autres chantaient.

«Je n'en reviens pas! Tant de gens malheureux parce qu'une imbécile avait besoin de détruire quelque chose!»

Qui était cette Diane Turcotte? Une psychopathe comme l'autre qui avait tué John Lennon?

Il revint à la maison à pied par la rue Sainte-Catherine. Pendant le trajet, il nota que certaines vitrines étaient placardées de photos de Stark.

«Ça se passe comme après la mort de John... Les gens s'étaient rassemblés devant l'immeuble où Lennon vivait à New York. On avait fait jouer ses chansons et celles des *Beatles* durant des jours à la radio. Il y avait des photos de lui partout.»

Nicolas ressentait aujourd'hui la même tristesse qu'en ce mois de décembre 1980, le même vide.

Il ferait comme ces commerçants de la rue Sainte-Catherine, il n'ouvrirait pas sa boutique ce jour-là.

«Je vais masquer la vitrine avec un drap

de velours noir. Et y placer une affiche qui dira combien Stark avait de l'importance pour moi.»

Il demeura seul dans son commerce jusqu'à la fin de l'après-midi, écoutant les chansons de Stark et celles des *Firemen*. Il ne put s'empêcher de verser quelques larmes.

***

De retour chez lui, il prépara le repas en attendant sa soeur. Ayant accumulé les échecs durant ses deux années au cégep, elle avait choisi de suivre des cours d'été. Il ignorait combien de cours elle avait ratés. Ses études, comme le reste, étaient un sujet tabou.

— Tu en fais une tête! lui lança-t-elle en arrivant.

— Tu n'es pas au courant? Stark a été assassiné la nuit dernière!

— Ouais, j'ai entendu la nouvelle. Et c'est ça qui te met dans cet état-là? Tu étais amoureux de lui ou quoi?

Il serra les poings. Il n'avait pas la moindre envie d'expliquer quoi que ce soit à sa soeur. Elle n'aurait rien compris. Elle n'aurait même pas essayé de comprendre.

Après le repas, il regarda le téléjournal. Mais, apparemment, les journalistes ne disposaient pas de nouveaux détails sur les motifs de l'assassinat.

C'est seulement lorsque le bulletin de nouvelles fut terminé qu'il repensa aux graffiti. Alors, il sursauta.

«Mort aux Androgynes!»

«Les Androgynes sont dégénérés! Ils doivent être purifiés!»

Il revoyait surtout la dernière inscription, la pire des trois, celle de la station Côte-des-Neiges:

«Stark = Androgyne».

Des spéculations se bousculèrent dans son esprit.

Pour l'auteur du troisième graffiti, Stark était un Androgyne. Il fallait purifier les Androgynes, puisque c'étaient des «dégénérés».

Les purifier comment? Mais en les assassinant, voyons! L'inscription de la station Jean-Talon ne disait-elle pas «Mort aux Androgynes»?

Et, comme par hasard, Stark était mort assassiné!

«Tu déconnes, Nicolas! Tu fais des liens qui n'ont pas leur raison d'être!»

Il regardait l'écran du téléviseur comme s'il était hypnotisé. Pourtant, il ne voyait ni n'entendait plus rien.

«Ces graffiti auraient-ils annoncé l'assassinat de Stark?»

Il grimaça, puis il posa sa nuque contre le dossier du fauteuil.

«Tu te prends pour Sherlock Holmes, hein? Laisse tomber!... L'assassin est sous les verrous. Si elle s'est amusée à annoncer son crime, ce ne sont pas tes oignons. Et tes hypothèses ne redonneront pas la vie à Stark!»

Le vide qu'il ressentait depuis la mort de son idole devait être comblé, il s'en rendait bien compte.

Diane Turcotte avait fait davantage que tuer l'une des grandes vedettes de la musique pop. Elle avait détruit quelque chose en Nicolas, une partie de lui-même qui ne renaîtrait peut-être jamais...

***

Pendant quelques jours, il ne put circuler dans le métro sans examiner les murs.

Comme il ne trouva aucun nouveau graffiti qui avait un rapport avec les Androgynes, il y pensa de moins en moins.

Il continua à lire les journaux, mais les articles sur Stark se faisaient rares.

Pour la police, l'affaire était simple, au fond. Le crime avait été commis devant deux témoins, et l'inculpée avait fait des aveux. La presse laissait entendre que son avocat plaiderait l'aliénation mentale.

***

Un mois passa.

Pour la majorité des gens, la mort du chanteur était déjà oubliée.

***

Nicolas marchait distraitement le long d'un quai lorsqu'une intuition le força à regarder à gauche.

De grosses lettres noires couvraient une partie du mur. Le mot «androgyne» lui sauta tout de suite aux yeux, mais le reste ressemblait à un gribouillis.

Il s'approcha de l'inscription avec fébrilité et parvint à identifier le premier mot:

«Arthur». Il y avait trois mots en tout. Le deuxième restait illisible.

Cela donnait: «Arthur ... = Androgyne».

Il n'en revenait pas! Cette formule était identique à celle qu'il avait déjà lue dans la même station!

«Si Diane Turcotte a écrit les autres graffiti, elle ne peut pas avoir écrit celui-ci. Elle est en prison!»

«Stark = Androgyne» avait précédé l'assassinat de son idole. Il était tentant d'en déduire que cet Arthur X était en danger à son tour!

«Je vais avertir la police! J'expliquerai aux enquêteurs que ces inscriptions sont l'oeuvre de criminels!»

Puis il se calma.

«Les graffiti s'inspirent souvent les uns des autres. Ils se répondent et cela fait une sorte de chaîne... Et puis, tu ne sais même pas si Diane Turcotte a vraiment écrit les premières inscriptions... Alors, oublie tout ça et rentre tranquillement chez toi!»

C'est ce qu'il tenta de faire. Néanmoins, durant le trajet jusqu'à la station Berri-UQAM, il passa en revue les hommes publics qu'il connaissait et qui avaient Arthur pour prénom.

***

«Tentative de meurtre, hier, en face de l'Hôtel Métropole...»

Nicolas essuyait la vaisselle du petit déjeuner. Alerté par la nouvelle, il se tourna vers la radio placée sur la table.

«L'historien américain Arthur Grave a échappé de justesse à un attentat...»

Son esprit s'affola.

Un attentat contre un dénommé Arthur Grave? Et s'il s'agissait de cet Arthur X du graffiti?

Bondissant sur l'appareil, il en augmenta le volume.

«Plusieurs coups de feu ont été tirés dans sa direction, mais aucun projectile ne l'a atteint. Le tireur a pris la fuite sans que personne ait vu son visage... Les motifs de cet attentat demeurent obscurs. M. Grave était de passage à Montréal pour faire une conférence...»

Nicolas se laissa tomber sur une chaise.

«Ai-je l'esprit complètement tordu?»

Il n'appréciait pas du tout la confusion et l'impuissance qu'il éprouvait. Il aurait souhaité que quelqu'un l'éclaire, mais qui? Un agent de police?

«Non... Ça m'étonnerait que les policiers aient remarqué les inscriptions. Ils ont bien d'autres chats à fouetter!»

Encore une fois, il tenta de se convaincre qu'il faisait tout un plat avec une série de coïncidences.

«Il existe sûrement des milliers d'Arthur dans le monde et des centaines rien qu'à Montréal... Ces graffiti ne veulent rien dire, Nicolas! Si tu allais voir les flics pour leur en parler, ils te riraient au nez et ils auraient raison!»

Mais il ne parvenait pas à croire qu'il avait entièrement tort. Il acheva d'essuyer la vaisselle et sortit acheter les journaux.

Il les feuilleta à la terrasse d'un café. Tous les quotidiens parlaient de l'incident. En mettant bout à bout les divers renseignements, il put reconstituer le tableau.

Arthur Grave, docteur en histoire, était rattaché à l'Université de Chicago. Depuis cinq ans, il avait publié quatre livres et une cinquantaine d'articles. Il avait aussi prononcé plus de cent conférences aux États-Unis et au Canada.

Toutes ses interventions traitaient du même sujet: le danger que constituait, selon lui, la prolifération des sectes religieuses.

Aux États-Unis, sa notoriété était telle que toutes les sectes le considéraient comme leur principal ennemi.

Désirant faire connaître ses opinions aux Montréalais, l'Université McGill l'avait invité à donner une conférence. Mais il y avait eu cet attentat, et l'Américain avait décidé d'annuler son allocution et de rentrer chez lui.

Parcourant l'un des journaux, Nicolas fut attiré par un entrefilet qui accompagnait l'article sur l'attentat. Le titre disait: «L'Église de Balthazar dénonce l'historien américain».

«L'Église de Balthazar? Jamais entendu parler! Balthazar, c'est un des Rois mages, non? Pourquoi pas l'Église du père Noël, tant qu'à y être?»

Il lut l'article:

M. Arthur Grave, l'historien qui est sorti indemne d'un attentat, hier soir, ne semble pas posséder l'art de se faire des amis! En effet, les porte-parole de l'Église de Balthazar ont vivement réagi aux propos qu'il avait tenus, mardi dernier, lors d'une entrevue à la radio.

M. Grave avait présenté l'Église de Bal-

thazar comme l'un des meilleurs exemples de ces nouvelles sectes qui pullulent en Amérique du Nord. Soulignant qu'il existait plus de douze mille sectes au Québec seulement, M. Grave a conseillé au public la plus grande vigilance à leur sujet.

En guise de riposte, l'Église de Balthazar organise une séance d'information qui se tiendra demain, à midi, au manoir Bénin.

Nicolas sentit son pouls s'accélérer.

«Cette Église de Balthazar est en furie parce que Grave l'a critiquée publiquement!... L'attentat aurait-il été commis par un de ses membres?»

Il laissa ses pensées vagabonder un moment.

«Si Grave est cet Arthur X du graffiti et si l'attentat a été commis par un membre de l'Église de Balthazar, alors il est probable que l'assassin de Stark a appartenu à la même secte!»

Puis ces déductions lui donnèrent envie de rire de lui-même.

«En théorie, ça se tient. Mais la théorie est souvent loin de la réalité. Nicolas, je te parie à cent contre un que la secte n'a rien à voir avec les crimes.»

Ce pari n'était pas bête, après tout. S'il voulait en avoir le coeur net, n'était-il pas temps de faire quelques vérifications? Naturellement, il pensait à la séance d'information du lendemain.

«Ah! et puis non! se dit-il, irrité. Je n'ai aucun talent pour jouer les détectives, et un travail monstre m'attend à la boutique!»

Il se leva, régla l'addition et sortit du café.

Chapitre 4

L'Église de Balthazar

Nicolas dormit très mal cette nuit-là.

Des cauchemars le hantèrent, dans lesquels Stark était poignardé à répétition devant l'hôtel Reine Élizabeth. C'était la première fois qu'il faisait ce genre de rêves.

Il finit par se lever. À la fenêtre de sa chambre, il regarda les voitures qui roulaient le long de l'avenue. Puis, lassé de ce spectacle, il observa le ciel.

La lune était presque pleine.

«Elle était pleine hier. Je m'en souviens, je l'ai regardée plusieurs fois...»

Pleine, hier?... L'attentat contre Grave avait donc eu lieu durant la pleine lune!

La nuit où Stark avait été tué, la lune n'était-elle pas pleine aussi? Oui, il en était sûr! Il se rappelait très bien l'avoir vue au-dessus du Stade olympique!

Alors, il fit une constatation qui lui avait échappé jusque-là malgré son évidence.

L'attentat contre Grave avait été commis un mois, jour pour jour, après l'assassinat de Stark!

Il arpenta sa chambre en se parlant à haute voix:

— Cette fois, ça fait trop de coïncidences! Je suis certain d'avoir mis le doigt sur quelque chose!

Il songea au pari qu'il avait fait avec lui-même au cours de la matinée.

«Cent contre un que l'Église de Balthazar n'a rien à voir avec les crimes? O.K.! Je relève le défi! À midi, je serai à la séance d'information. On verra bien ce qui se passera!»

Satisfait de sa décision, il alla se recoucher.

***

Il arriva au manoir Bénin un peu avant midi.

La salle était presque remplie quand il y entra. Au premier coup d'œil, l'assistance paraissait composée surtout de curieux. Mais, en s'avançant, il aperçut cinq ou six personnes portant un macaron où on lisait: «SECTES = DANGER».

Il s'assit au cinquième rang, juste derrière ce petit groupe.

Les représentants de l'Église de Balthazar firent leur apparition. Ils restèrent debout face à l'assistance. Un sourire béat illuminait leurs visages.

Il y avait trois femmes et quatre hommes. Les femmes, toutes très jeunes, portaient de longues tuniques blanches sans ornement. Trois des hommes étaient vêtus d'une tunique semblable, mais de couleur noire. Leurs cheveux étaient très courts, tandis que ceux des femmes leur allaient aux épaules.

L'habillement du quatrième homme différait de celui des autres. Sa tunique noire s'arrêtait à mi-cuisses et il portait un pantalon très ample de la même couleur. Une sorte de turban dissimulait sa chevelure.

— Je suis Maître Ganymède, dit-il d'une voix mielleuse. Bienvenue à tous et à toutes. Notre Église a organisé cette rencontre pour répondre aux attaques injustes dont elle a été l'objet. En effet, M. Arthur Grave...

— Vous osez parler d'attaques? l'interrompit une femme assise devant Nicolas. Mais c'est Grave qui a été attaqué! Et pas avec des mots, lui!

Ganymède l'observa sans perdre son sang-froid.

— Nous sommes sincèrement peinés de ce qui est arrivé à M. Grave, dit-il. Et nous remercions les Essences cosmiques de lui avoir sauvé la vie.

«Les Essences cosmiques? s'étonna Nicolas. Qu'est-ce que c'est?»

La réplique de Ganymède déclencha d'autres interventions encore plus agressives. Quelqu'un alla même jusqu'à insinuer que la mort de Grave aurait profité à l'Église de Balthazar.

— Parlez-nous donc de votre grand chef américain! lança un homme en se redressant. Allez, parlez-nous de cette Callisto, comme vous l'appelez!

Le sourire des Balthazariens disparut, remplacé par une expression inquiète. Ganymède prit une voix triste:

— Je vous prierais de ne pas traiter ainsi l'Augure de notre Église. Vos paroles ont indisposé les Frères et les Soeurs qui sont avec moi.

Malgré cette demande, les accusations reprirent de plus belle.

S'il fallait en croire le petit groupe, l'Augure Callisto était poursuivie pour fraude fiscale dans de nombreux pays. Elle était multimillionnaire et possédait aux États-Unis plusieurs propriétés, dont une villa de rêve en banlieue de New York...

Ganymède ne laissa pas ces critiques le démonter:

— Notre Augure a fait construire cette villa pour y recevoir les Essences cosmiques quand elles décideront de se montrer à l'humanité...

L'échauffourée se prolongea un bon moment. Puis, petit à petit, Ganymède retrouva la maîtrise de la situation.

— L'évolution de l'humanité est le fruit de l'intervention des Essences cosmiques, dit-il, contrairement à ce que prétend M. Grave. Les êtres humains n'ont rien créé. Les Essences cosmiques ont toujours été là pour les guider et pour leur insuffler des connaissances. Nous sommes incapables de réaliser seuls notre destinée. Il nous faut des guides qui nous aiment, des supérieurs qui nous protègent.

«Si j'ai bien compris, se dit Nicolas, les Essences cosmiques seraient des espèces de dieux.»

Voyant qu'il n'apprendrait rien d'utile en gardant le silence, il leva la main:

— Je ne connais rien de votre... euh... philosophie... Pourriez-vous me dire pourquoi vous vous appelez l'Église de Balthazar?

— Depuis l'aube de l'humanité, les Essences cosmiques ont envoyé de nombreux représentants sur la Terre. Gaspard, Melchior et Balthazar, les Rois mages, étaient parmi ceux-là.

Avec son air le plus naïf, il posa une seconde question:

— Ganymède... Callisto... Ce sont des noms de planètes, je crois?

Le Maître lui expliqua qu'en plus de leur nom civil les Balthazariens portaient un deuxième nom. Celui-ci, rendu officiel par le baptême de Balthazar, était choisi parmi les multiples appellations d'étoiles, de planètes et de satellites qui parsemaient le cosmos.

— Ainsi, précisa-t-il, Ganymède et Callisto sont deux satellites de la planète Jupiter...

Après quelques mots de conclusion, il salua dignement l'assistance et sortit de la salle.

Ses fidèles s'avancèrent vers le public pour distribuer des dépliants, mais la plupart des auditeurs semblaient pressés de s'en retourner à leurs occupations.

«Qu'est-ce que je fais maintenant? se demanda Nicolas. Personne n'a parlé des Androgynes ni de Stark. J'essaie d'en savoir plus ou je laisse tomber?»

Tout sourire, une Balthazarienne s'approcha et lui récita un boniment.

— Si vous désirez en savoir davantage, conclut-elle, nous offrons des séminaires gratuits d'une semaine. Vous pouvez vous inscrire ici ou nous téléphoner. Le prochain séminaire aura lieu dans une semaine.

Il était surpris:

— C'est gratuit, vous dites?

Le sourire de la jeune femme s'agrandit encore.

— Il ne faut pas croire tout ce que les gens racontent, fit-elle sur le ton de la confidence. Notre Augure Callisto n'a jamais exploité personne. Et Maître Ganymède est l'homme le plus honnête que j'ai jamais rencontré!

Il accepta le dépliant. Pour ce qui était de s'inscrire au séminaire, il préférait prendre le temps d'y réfléchir.

«Ces Balthazariens sont naïfs, mais pas méchants. J'imagine mal cette jeune femme, par exemple, brandissant un poignard dans l'intention de tuer quelqu'un!»

***

Il se décida assez vite.

En passant en revue les déductions et les hypothèses qu'il avait faites la nuit précédente, il avait compris que ses recherches en étaient à leurs débuts. S'il voulait mener une enquête le moindrement sérieuse sur l'Église de Balthazar, ce n'était pas le moment d'abandonner.

Il composa le numéro de téléphone donné dans le dépliant. Quelques minutes plus tard, il était inscrit au séminaire qui commençait le lundi suivant.

***

Cinq soirs de suite, l'ennui le plus profond régna dans la salle de conférences du manoir Bénin.

Chaque séance durait trois heures. Le premier soir, Maître Ganymède rencontra les participants pour leur souhaiter la bienvenue.

Le lundi et le mardi, ils durent se borner à écouter. Le mercredi, on leur donna l'occasion, à tour de rôle, de montrer qu'ils avaient compris les concepts enseignés. Le jeudi et le vendredi, il y eut des discussions sur des thèmes divers. Les conférenciers changeaient à chaque séance.

Souvent au cours de la semaine, Nicolas fut tenté de demander des précisions sur certains points, en particulier sur ces Essences cosmiques dont il était toujours question. Les Balthazariens parlaient d'elles en termes incroyablement vagues.

Sur les vingt personnes inscrites, seulement six persistèrent jusqu'au vendredi.

Le dernier conférencier dévisagea les participants un à un, puis il déclara:

— Vous venez d'acquérir les notions de base de notre Église. Si vous désirez entamer une nouvelle existence en faisant partie de notre communauté, il ne vous reste plus qu'à suivre le stage d'initiation d'une semaine.

· «Mais ça n'en finit jamais, ces bêtises!» se dit Nicolas avec agacement.

— Vous séjournerez dans notre résidence en compagnie de Maître Ganymède et de ses assistants. Il vous sera interdit de sortir et de communiquer avec vos proches. Aucun événement extérieur ne devra troubler votre méditation. Vous formerez une famille, un réseau de joie et d'harmonie sous le regard bienheureux de Maître Ganymède et des Essences cosmiques.

Le conférencier précisa que le stage coûtait trois cents dollars, tout compris.

En sortant du manoir, Nicolas sentit qu'il lui fallait mettre de l'ordre dans ses pensées.

«Je viens de passer cinq soirs à écouter ces illuminés et je ne suis pas plus avancé qu'avant!»

***

Chez lui, calé dans sa baignoire, il essaya de faire le point.

«L'Église de Balthazar semble tout à fait étrangère à l'assassinat de Stark et à l'attentat contre Grave...»

... Et pourtant!

Il songea alors au suicide collectif de Jonestown et aux événements de Waco survenus l'année précédente.

«Les sectes ont toujours l'air inoffensives... Et leurs chefs ressemblent à des saints ou à des prophètes... Si Jimmy Jones avait eu une gueule d'assassin, aurait-il attiré autant de fidèles? Non, évidemment!»

Arthur Grave avait mis en garde la population québécoise contre l'Église de Balthazar. D'un point de vue «normal», cela ne justifiait pas une tentative de meurtre contre lui. Mais du point de vue d'un fanatique, était-ce la même chose?

«Et Stark? Quel rapport a-t-il avec tout ça?»

Il n'avait pas de réponse.

«Les deux crimes ont été commis à un mois d'intervalle et durant une nuit de pleine lune. Ça ne peut pas être un hasard! Tous les événements sont liés, j'en mettrais ma main au feu!»

En outre, n'y avait-il pas une connotation mystique, voire «cosmique», dans cette affaire de pleine lune?

Il sortit de la baignoire et s'épongea.

Une alternative se présentait à lui. Ou il laissait tomber définitivement son enquête, ou il explorait jusqu'au bout la filière de l'Église de Balthazar.

***

Garder la boutique ouverte pendant son absence ne serait pas un problème pour Nicolas.

Il lui était déjà arrivé de partir un jour ou deux, parfois même des semaines à l'occasion des vacances. Dans ces cas-là, il pouvait compter sur Simon, un passionné de musique toujours prêt à le remplacer lorsqu'il le fallait.

«À présent, que vais-je raconter à Hélène?»

Car il n'avait pas l'intention de lui dire qu'il se joindrait à une secte. Elle en profiterait pour l'écraser sous les sarcasmes!

— Une semaine à Québec, chez un ami? demanda-t-elle. Et pourquoi pas? Tu n'as pas l'air en forme ces temps-ci.

La réaction de sa sœur l'étonna. Il avait pensé qu'elle bougonnerait et lui reprocherait de l'obliger à se débrouiller seule.

— Pour les repas... euh... tu pourras t'arranger?

— Je suis nulle en cuisine. Mais il y a tout ce qu'il faut chez le dépanneur, non?

Après tout, Hélène avait des sentiments comme tout le monde!

Elle devait éprouver de la sollicitude parfois à l'égard de Nicolas! Hélène était un être humain, pas un monstre!

«Dire que je ne l'ai jamais prise dans mes bras depuis qu'elle est ici! Ça me manque! Bon Dieu, oui, ça me manque!»

Chapitre 5

Les Automates

Un autocar transporta les douze stagiaires jusqu'au domaine de l'Église situé à l'île Bizard. Parmi eux, un seul avait participé au même séminaire que Nicolas. Le groupe ne comptait que trois femmes.

Comme il faisait déjà presque nuit à leur arrivée, il leur fut impossible de distinguer nettement l'extérieur de la résidence. Elle paraissait cependant gigantesque.

À la lumière des phares, ils purent lire une inscription sculptée au-dessus des portes: «Église de Balthazar, Siège intergalactique de Rois mages, d'Anges et d'Essences cosmiques de tous niveaux».

L'un des Balthazariens qui accompagnaient le groupe les introduisit dans un hall immense et silencieux. Puis Maître Ganymède vint les accueillir en compagnie de quelques fidèles.

— Ah! que je suis heureux de vous voir ici! s'exclama-t-il. Nous allons vivre ensemble une semaine merveilleuse! Que je suis heureux!

On lui présenta les stagiaires un par un. Quand ce fut son tour, Nicolas remarqua que l'haleine du Maître sentait l'alcool.

— Vous serez conduits à vos chambres, dit Ganymède. Je vous demanderais de profiter de votre solitude pour méditer. Les jours qui viennent seront bien remplis. Bonne nuit.

Ils suivirent les Balthazariens le long d'un couloir mal éclairé. Une chambre fut assignée à chacun.

Une fois dans la sienne, Nicolas s'étonna de ses petites dimensions. Pour tout mobilier, elle contenait un lit, une table minuscule et une chaise. Ni crayon ni bout de papier n'était visible nulle part. Les murs étaient nus et sans fenêtres. Seule une veilleuse diffusait dans la pièce un peu de lumière.

Il se déshabilla, puis s'étendit sur le lit. Le matelas était mou et bosselé. Il dut se tourner et se retourner plusieurs fois avant de trouver une position confortable.

«Que suis-je donc venu faire ici?» se demanda-t-il en écoutant le silence.

Son enquête lui paraissait bien futile tout à coup.

Il se trouvait même grotesque d'être là.

La seule idée qui l'habitait était de partir au plus vite.

Il mit près de trois heures à s'endormir.

**

Le lendemain matin, une femme le réveilla à cinq heures.

— D'habitude, nous nous levons à six heures, expliqua-t-elle. Mais le premier jour du stage est toujours un peu particulier!... Je m'appelle Soeur Phobos. Si vous voulez me suivre...

Encore endormi, il lui emboîta le pas.

«Phobos? C'est le nom d'un satellite de la planète Mars, je pense.»

Elle l'emmena dans une vaste penderie où des tuniques, noires et blanches, étaient suspendues par centaines.

— Quelle est votre pointure?

Lorsqu'il se vit dans la glace de la salle d'essayage, vêtu d'une tunique noire, il songea:

«Je décampe d'ici à la première occasion! C'est vraiment trop idiot!»

Soeur Phobos l'abandonna au milieu d'une pièce vide.

Un peu plus tard, un autre stagiaire le rejoignit, aussi ridicule que lui dans son costume.

— Cette tunique émet des ondes en direction des Essences cosmiques, dit son compagnon avec enthousiasme. Soeur Phobos me l'a dit! C'est extraordinaire, non?

Les autres arrivèrent à tour de rôle. Puis Soeur Phobos les conduisit à l'entrée d'un vestiaire.

— Chaque jour du stage débutera par des ablutions, dit-elle.

— Des ablutions? répéta quelqu'un.

Elle s'éclaircit la gorge:

— Une douche, si vous préférez... Les ablutions matinales sont indispensables! Car l'eau est la substance la plus pure que les Essences cosmiques nous aient donnée. Ce vestiaire-ci est pour les hommes. L'autre, là-bas, est pour les femmes.

Ils furent ensuite dirigés vers une salle où Maître Ganymède ainsi qu'une vingtaine de fidèles étaient assis à même le sol.

— Assoyez-vous, mes Frères, mes Soeurs. Puissiez-vous trouver ici l'harmonie et le bonheur que nous ressentons nous-mêmes!

Après une prière adressée à Balthazar, il invita les participants à se recueillir durant une demi-heure.

Le plancher de la salle était fait de bois dur. Assez vite, Nicolas eut mal aux fesses.

Quand vint l'heure de manger, Soeur Orion distribua des assiettes et des verres d'eau.

L'assiette contenait trois pastilles.

— Voici la manne! annonça fièrement Ganymède. Un aliment céleste envoyé par les Essences cosmiques! Sous leur apparence anodine, ces comprimés contiennent tous les éléments nécessaires à la vie. Dans cette résidence, la manne sera votre unique nourriture.

Ce repas fut suivi d'une prière ainsi que d'une deuxième période de méditation.

Puis stagiaires et Balthazariens se rendirent au gymnase.

Là, ils s'adonnèrent à un jeu qui consistait tout bonnement à s'échanger un ballon.

— En passant ainsi de main en main, expliqua un instructeur, le ballon se remplit d'un fluide dont nous bénéficions à chaque contact.

Ensuite, Maître Ganymède prononça la première conférence de la semaine.

— Les possessions n'ont aucune valeur. Cependant, dans notre société matérialiste, il serait impossible de fonctionner sans argent.

Notre Église n'est pas exigeante. Elle demande à ses fidèles de lui céder quinze pour cent de leurs revenus. C'est une contribution modeste, je l'admets, mais combien essentielle à l'oeuvre galactique que nous accomplissons ensemble!

Nicolas faillit se lever et quitter la salle en hurlant. Les autres stagiaires ne semblaient même pas troublés par cette déclaration.

La conférence terminée, il y eut une troisième période de prière et de méditation. Puis à midi, le repas arriva, aussi léger et synthétique que le repas précédent.

Déjà, Nicolas ressentait une faim si grande qu'un étourdissement le saisit à la pensée de jeûner encore durant six jours.

Il était aussi très fatigué.

Bien qu'il n'en eût pas l'habitude, il aurait aimé faire une sieste. Mais le programme de la journée n'incluait aucune période de repos.

L'après-midi et la soirée se déroulèrent comme la matinée, avec les mêmes activités mécaniques, les mêmes gestes insignifiants.

Vers minuit, les stagiaires eurent enfin l'autorisation de réintégrer leurs chambres.

Nicolas était trop épuisé pour réfléchir. Il s'endormit en posant la tête sur l'oreiller.

***

Le stage était structuré de telle manière que les participants n'avaient pas une seconde de liberté ni aucune occasion de penser par eux-mêmes.

Du jour au lendemain, ils se trouvaient fondus dans un groupe anonyme, dirigés par des anciens qui savaient tout, manipulés par un chef soi-disant exceptionnel.

En outre, le manque de sommeil, la sous-alimentation et l'interminable répétition des rituels, tout cela contribuait à les affaiblir physiquement et intellectuellement.

Selon toute vraisemblance, la secte visait à les métamorphoser en automates dociles.

Après avoir songé à quitter la résidence dès que cela serait possible, Nicolas n'en avait plus ni la volonté ni l'énergie. Obéir en imitant les autres était beaucoup plus facile.

De même, il réfléchissait de moins en moins aux raisons qui l'avaient poussé à entreprendre ce stage.

La semaine s'acheva enfin.

Le premier jour, Ganymède avait demandé aux stagiaires de se choisir un nouveau nom.

Le temps était maintenant venu pour eux d'être baptisés.

Entourés d'une trentaine de Balthazariens, ils se tenaient en file devant le Maître.

Nicolas ne se posait pas de questions. Son esprit ne marchait plus normalement.

Son corps était devenu une machine sans âme.

Ganymède posa les mains sur les épaules de Nicolas:

— Frère... Pour les Essences cosmiques et pour l'Église de Balthazar, tu t'appelleras désormais Proxima du Centaure.

Le nom qu'il avait adopté désignait l'étoile la plus rapprochée du Soleil.

— Que ce nouveau nom te permette de

mieux servir tes supérieurs et de mieux accomplir ta mission. Tu es des nôtres, tu es avec nous!

Un ancien l'entraîna dans une pièce uniquement meublée d'un fauteuil de coiffeur.

Nicolas dévisagea le Balthazarien avec incrédulité.

À force de les fréquenter, il s'était habitué à la chevelure très courte des membres masculins de la secte.

Il se passa tristement une main dans les cheveux. Puis il s'installa sur le siège.

Comme il n'y avait aucun miroir dans la résidence, il constaterait le résultat seulement quand il serait chez lui.

**

L'autocar ramena les stagiaires à Montréal.

Lorsqu'il descendit du véhicule, le soleil se couchait.

Alors, il s'aperçut que tant de choses lui avaient manqué durant la semaine: les couleurs du ciel, le soleil, l'air frais, les odeurs de nourriture, Hélène, sa boutique...

Et la musique, évidemment!

— C'est moi! lança-t-il en ouvrant la porte.

Il s'étonna d'entendre Hélène accourir. Mais elle s'arrêta net en le voyant:

— Que t'est-il arrivé? Ton ami de Québec, il t'a torturé ou quoi?

— J'ai l'air moche à ce point-là?

— Regarde-toi! Tu es vert et tu as dû perdre cinq kilos! Et tes cheveux?... Qu'as-tu fait, Nicolas?

Il se rendit à la salle de bains pour s'examiner dans la glace.

Sa soeur disait vrai: il avait l'air d'un cadavre! En plus d'avoir maigri, il avait les yeux cernés.

Sa nouvelle coiffure le faisait ressembler aux prisonniers d'un camp de concentration.

Il bafouilla:

— C'est... euh... la faute d'Albert! Il passe son temps à faire la fête, tu comprends? Chez lui, on se couche tard et on ne mange pas beaucoup.

— Je croyais que tu te reposais! gémit-elle en lui tournant le dos. Et tu reviens ici en me racontant tes prouesses d'ivrogne! Tu m'écoeures, Nicolas!

Elle bondit en direction de sa chambre.

Ses derniers mots, «tu m'écoeures, Nicolas», lui avaient fait l'effet d'un coup de poignard.

— Hélène, tu te trompes! dit-il en s'élançant vers elle. Je me suis mal exprimé! Je n'ai pas bu tant que ça!

La porte qui claqua faillit lui écraser le nez.

«Ce que je peux être stupide! Pour une fois qu'elle est contente de me voir, je m'arrange pour tout gâcher!»

Il parla à travers la porte:

— Et toi, Hélène? Ta semaine s'est passée comment? T'es-tu reposée?

— J'ai des cours, moi! hurla-t-elle. Je n'ai pas le temps de m'amuser!

Il se mordit les lèvres.

— Sors donc de ta chambre... Nous pourrions... je ne sais pas... parler un peu? Raconte-moi ce qui t'est arrivé durant mon absence...

— Ce que je fais ne te regarde absolument pas! Et que je ne te surprenne jamais à me surveiller!

Il baissa la tête.

Ses bras retombèrent le long de son corps.

Maintenant, il n'avait plus qu'une envie: aller se coucher et dormir le plus longtemps possible.

Il se jeta sur son lit sans même se déshabiller.

***

Il s'était tellement ennuyé de sa boutique qu'il retourna travailler dès le lendemain.

Le stage l'avait exténué.

Même en effectuant des opérations routinières, il éprouvait de la difficulté à se concentrer.

Cependant, il avait encore assez de lucidité pour pouvoir dresser un bilan de son enquête.

Malgré tout ce qu'il avait entrepris, il n'avait rien trouvé d'incriminant contre la secte.

Pas le moindre indice.

À présent qu'il était Balthazarien en bonne et due forme, il devait en principe assister à deux réunions par semaine.

Il décida de se donner encore trois semaines.

Autrement dit, il irait aux six prochaines réunions.

Et il continuerait à faire semblant d'être la recrue la plus docile que la secte ait jamais connue.

Si rien de neuf ne se passait d'ici cette échéance, il ne lui resterait plus qu'à classer l'affaire.

Chapitre 6

L'Invisible Puissance

Les trois semaines s'étaient écoulées et la situation était demeurée la même.

La réunion de ce soir serait donc la dernière pour Nicolas.

***

La prière venait de se terminer.

Tandis que Nicolas sortait de la salle, une voix retentit dans son dos:

— Frère Proxima du Centaure!

Il sursauta. C'était la voix de Ganymède!

— Oui, Maître, dit-il en se retournant.

— Frère Proxima du Centaure, si tu savais comme je suis fier! Tu as répondu à tous les espoirs que nous avions placés en toi!

Un sourire exagéré illuminait son visage.

— Suis-moi, ordonna-t-il.

Mal à l'aise, Nicolas obéit. Mais il s'arrêta quand Ganymède emprunta un corridor interdit aux simples fidèles.

— Suis-moi! insista le Maître en agitant la main. Tu es digne d'être ici à présent!

Nicolas le rejoignit et Ganymède continua à marcher jusqu'à une porte.

— Maître, pourriez-vous m'expliquer?

— Ne parle pas, Frère. Seul le silence convient en cet instant.

Il ouvrit la porte et, d'un geste, il invita Nicolas à entrer. La pièce ne contenait qu'un fauteuil et un paravent disposés côte à côte près d'un mur. Ganymède était resté dans le corridor.

— Tu peux t'asseoir, Frère...

Nicolas prit place dans le fauteuil. Le Maître hocha gravement la tête, puis il referma la porte. Ses pas s'éloignèrent ensuite le long du corridor.

«Que signifie cette comédie? A-t-il deviné que je voulais quitter la secte? Pire encore: a-t-il découvert pourquoi j'y suis entré?»

Son inquiétude monta de plusieurs degrés. La sueur se mit à couler sous sa tunique.

Pourquoi diable l'avait-on emmené à cet endroit?

«Oh! et puis, je m'en fiche! se dit-il en se redressant. Je ne reste pas ici une seconde de plus!»

— Frère Proxima du Centaure, prononça une voix d'homme.

Étouffant une exclamation de surprise, Nicolas retomba assis sur le fauteuil. La voix était venue de l'autre côté du paravent qui se trouvait près de lui.

— Qui êtes-vous?

— Mon identité n'a aucune importance. Individuellement, nous ne sommes rien devant les Essences cosmiques... Frère, nous savons que tu es prêt à accéder à l'autre niveau de connaissance.

— Qu'est-ce que...?

— C'est pour cela que nous t'avons fait demander ici. Tu es un fidèle d'une valeur inestimable!

— Merci, mais je...

— Un niveau supérieur de connaissance, n'est-ce pas ce que tu es venu chercher dans l'Église de Balthazar? Une autre dimension! Une réalité plus vraie! Un lieu d'action et d'extase où tu te donneras corps et âme aux Essences cosmiques!... Nous t'invitons à t'élever, Frère Proxima du Centaure. Ne rate pas cette chance!

Il était abasourdi. Un peu plus tôt, considérant que son enquête était terminée, il s'apprêtait à rompre les liens avec la secte. Et voici que cet inconnu lui proposait «un lieu d'action et d'extase»!

— Ne réponds pas tout de suite, Frère. Nous te donnons rendez-vous demain soir, à dix-neuf heures, à l'angle des rues Bleury et Saint-Antoine. Si tu es là, nous comprendrons que tu auras dit oui. Réfléchis bien!

Nicolas entendit une porte se fermer derrière le paravent. Il se leva pour regarder. L'homme avait disparu. Quant à la porte, elle était verrouillée.

Il traversa la pièce et sortit. Le corridor était vide.

Il se rendit au vestiaire où il revêtit ses habits civils, puis il quitta le manoir.

Cette expérience inattendue n'avait pas été particulièrement agréable. Mais il éprouvait aussi le sentiment de s'être enfin rapproché de ce qu'il cherchait depuis le début.

Il venait d'avoir la preuve, en effet, que l'Église de Balthazar n'était pas aussi immaculée qu'il l'avait cru. Il avait découvert qu'elle avait quelque chose à cacher!

Cette découverte lui faisait peur, naturellement. N'empêche qu'elle avait un côté stimulant auquel il aurait bien du mal à résister, cela il le savait.

***

Le lendemain, à l'heure prévue, il se posta au coin des rues Bleury et Saint-Antoine. L'endroit, peu fréquenté, avait un aspect crasseux et louche.

Après quelques minutes d'attente, il entendit quelqu'un chuchoter:

— Frère Proxima du Centaure!

Il se retourna. La voix provenait d'une cour entourée d'une haute clôture de bois. Il s'en approcha. Les lattes étaient si serrées qu'on ne voyait rien à travers.

— Écoute-moi bien, Frère. Tu vas marcher jusqu'au 121 de la rue Bleury, où se trouve un petit immeuble à logements. Il y a une porte juste à côté. Tu entreras par là.

Était-ce la même voix que la veille? Il n'aurait su le dire.

— Qu'est-ce qui se passera ensuite? questionna-t-il.

— Tu verras bien, Frère...

Soudain, il regretta d'être là. Il songea même à s'enfuir à toutes jambes.

Pourtant, il fit ce que l'homme lui avait demandé. Près du numéro 121, une porte cochère s'ouvrait sur un passage obscur. Il examina la rue, les trottoirs et les façades des maisons.

Personne nulle part. Il se sentait seul et vulnérable.

— Je suis là! dit-il en franchissant la porte. C'est moi, Proxima du Centaure!

Aucune réaction. Il fit un deuxième pas, puis un troisième. L'ombre du passage l'enveloppait maintenant en entier.

— Êtes-vous là? Je suis Proxima du Centaure!

Une froide humidité traversait ses vêtements. Le passage devait déboucher sur un espace couvert, car aucune lumière n'était visible à son extrémité. Il s'avança encore en répétant d'une voix mal assurée:

— Je suis Proxima du Centaure. Il y a quelqu'un?

Silence. Alarmé, il s'immobilisa. L'angoisse lui étreignait le ventre.

«Ça suffit! Je n'ai rien à faire ici, moi! J'ai fini de me prendre pour un héros!»

Il se préparait à partir lorsque quelqu'un l'empoigna. Il se débattit, voulut crier, mais on lui appliqua une main sur la bouche.

— Calme-toi! dit un homme. Je te lâcherai et tu feras ce que je te dirai, ça va?

Il remua la tête pour montrer son accord. Aussitôt, il retrouva l'usage de ses membres. Ses yeux s'habituant à l'obscurité, il dénombra quatre personnes autour de lui.

— Qui êtes-vous?

— Nous ne répondons pas à ce genre de questions. Ne bouge pas...

On lui glissa un sac de toile sur la tête et il ne vit plus rien.

— Pourquoi me mettez-vous ça?

— Tu en sauras plus tout à l'heure. Maintenant, nous t'emmenons.

— Où?

— Arrête de poser des questions, tu veux? Tu seras informé quand ce sera le temps!

Ses ravisseurs le poussèrent vers l'extrémité du passage, puis ils le firent tourner à gauche.

Ils marchèrent encore sur une courte distance. Ensuite, Nicolas reconnut devant lui le roulement d'une porte coulissant sur des rails.

Des portières d'auto s'ouvrirent. On le

guida jusqu'à une voiture et on l'assit sur la banquette arrière.

Claquement des portières. Vrombissement du démarreur. L'auto commença à rouler.

— Êtes-vous membres de l'Église de Balthazar? demanda-t-il d'une voix tremblante.

Personne ne lui répondit.

La voiture avait pris de la vitesse. D'après les bruits extérieurs, ils circulaient dans une avenue passablement fréquentée.

«Qui sont ces hommes? se demandait-il en s'efforçant de résister à la panique. On dirait des gangsters embauchés pour me casser la gueule!»

Si c'était le cas, cela supposait que Ganymède et compagnie connaissaient les raisons de sa présence au sein de l'Église. Mais il s'était tellement appliqué à jouer les naïfs que cette éventualité lui semblait impossible.

Rassemblant son courage, il tenta de faire mordre quelqu'un à l'hameçon:

— Je suis sûr que vous avez accédé à l'autre niveau de connaissance. Comment on se sent quand on est rendu là?

— Il y a plusieurs niveaux de connaissance, mon Frère, répondit un homme à sa droite. Le Guide suprême, par exemple, est beaucoup plus avancé que nous! Lui, il est au...

Un comparse dut lui signaler de se taire, car il ne termina pas sa phrase.

«Le Guide suprême?... Fait-il allusion à Ganymède? À l'Augure Callisto?»

Le trajet dura une demi-heure environ. Faute de repères visuels, Nicolas n'eut aucune idée de la direction prise par le véhicule. Mais le ronflement des voitures, les coups de klaxon, les fréquents arrêts, tout cela indiquait qu'ils n'étaient pas sortis de la ville.

— On descend! annonça son voisin quand le moteur fut coupé.

On l'aida à sortir et on l'obligea à marcher. Les pas résonnaient sur un plancher métallique. Ils montèrent un escalier abrupt, puis s'engagèrent sur une passerelle bordée de garde-fous.

Après un second escalier, descendant celui-là, ils longèrent un interminable couloir dont le plancher semblait recouvert d'une moquette.

Ils s'arrêtèrent. Les clés d'un trousseau tintèrent. Quelqu'un tira un battant. Ils firent encore quelques pas, avant de s'immobiliser de nouveau au bout de quelques mètres. Cette fois, le parcours paraissait bel et bien terminé.

— Écoute, Frère. Nous allons partir, mais toi tu restes ici. Attends que la porte soit verrouillée avant d'enlever le sac que je t'ai mis sur la tête. Tu trouveras des vêtements par terre. Mets-les par-dessus ceux que tu portes.

Lorsque le pêne claqua dans la serrure, Nicolas se débarrassa du sac.

La pièce où il se trouvait était éclairée par une simple chandelle posée sur une table. Les murs étaient composés de grosses briques en béton. Une deuxième porte faisait face à celle par laquelle ils étaient entrés.

Un paquet de linge s'entassait à ses pieds. En se penchant, il comprit qu'il n'y avait qu'un seul vêtement: une robe grise, longue et ample, surmontée d'une cagoule. Celle-ci était percée de fentes pour les yeux et la bouche. Il enfila la robe et ramena la cagoule sur sa tête.

Ensuite, il attendit. L'anxiété le torturait. Il avait l'impression que ses jambes plieraient sous lui d'un instant à l'autre.

«Je me suis jeté dans la gueule du loup! Ils

savent peut-être tout à mon sujet!»

Trois coups retentirent à la deuxième porte. Retenant son souffle, il s'approcha.

— Tu as revêtu la robe sacrée, Frère? demanda une voix étouffée.

— Oui... Oui, je...

— Tu as mis la cagoule? Cette précaution est nécessaire. Les membres de l'Invisible Puissance n'exhibent jamais leurs visages lorsqu'ils sont entre eux.

«L'Invisible Puissance? Mais qu'est-ce que c'est que ça? Qu'est-ce qui se passe ici?»

— J'ouvre la porte, annonça l'inconnu.

Il portait un costume identique à celui de Nicolas. À deux différences près toutefois: la robe était noire au lieu de grise et un étrange symbole ornait sa partie antérieure.

Superposé à un grand cercle blanc, le dessin représentait un quadrilatère dont la forme évoquait le couperet d'une guillotine. Une sorte d'éclair le chapeautait, ou peut-être s'agissait-il de la lettre *S* stylisée.

Ce symbole produisait un effet saisissant. On y devinait une menace.

— Qui êtes-vous? Et où sommes-nous?

— Tu ne connaîtras pas mon identité,

Frère. Pas plus que je ne connaîtrai la tienne. Quant à cet endroit, eh bien... te voici dans un des temples sacrés de l'Invisible Puissance!

L'emphase avec laquelle il avait prononcé les deux derniers mots fit frissonner Nicolas.

— L'Invisible Puissance? Mais il y a sûrement une erreur! Je pensais que vous faisiez partie de...

— Chut! l'interrompit l'homme à la robe noire. Tu dois taire le nom de ton groupe! Ton identité doit rester secrète, comprends-tu? La seule chose qui compte, c'est qu'on t'ait choisi pour te joindre à nous.

Il tendit l'index vers Nicolas:

— Tu veux t'élever dans la connaissance? Apprendre ce que les mortels ignorent?

«Je ne veux pas! Gardez votre connaissance pour vous! J'ai peur! Je veux partir d'ici!»

— C'est ce que je souhaite, oui, répondit pourtant Nicolas.

— Viens avec moi.

L'inconnu fit demi-tour et il le suivit le long d'un étroit couloir. Des torches accrochées aux murs, de loin en loin, créaient un éclairage incertain et mouvant.

Ils s'arrêtèrent devant une porte métallique. L'homme enfonça une grosse clé dans la serrure, puis il tira le battant avec difficulté. Il invita Nicolas à le précéder:

— Tu pénètres dans un lieu sacré, Frère. Sois digne de la confiance qui a été mise en toi!

Chapitre 7

Le Grand Dragon

Lorsqu'il eut franchi la porte, Nicolas fut assailli par un spectacle de cauchemar.

Dans une salle aux dimensions moyennes, une trentaine de personnes, debout et silencieuses, étaient tournées vers lui.

Chacune d'elles portait la robe noire ainsi que la cagoule. Le symbole en forme de couperet de guillotine s'étalait sur chaque poitrine.

D'ailleurs, ce dessin était reproduit partout dans la pièce: sur les draperies noires qui masquaient les murs, sur les étendards qui pendaient au-dessus des têtes, au plafond même.

Sans les torches disposées autour de la salle et le brasier qui brûlait au centre, l'endroit aurait baigné dans les ténèbres.

Le silence se prolongea. Nicolas, immobile, attendait les instructions. Son coeur battait à grands coups. Il avait l'impression que deux plaques d'acier lui écrasaient les tempes.

— Viens, Frère, prononça quelqu'un. Viens parmi nous.

Il descendit un court escalier, avança de quelques pas, puis il cessa de marcher.

Trente fantômes l'entouraient, silhouettes noires et sans visage. Soixante yeux le scrutaient.

À l'autre bout de la salle, sur une tribune, un homme se leva. Nicolas comprit qu'il s'agissait de leur chef.

— Frère, ceux que tu vois ici forment l'une des factions de l'Invisible Puissance. Nous nous sommes réunis pour t'accueillir. Nous avons besoin de toi, comme tu as besoin de nous. Grâce à nous, les Clés de la Connaissance seront à ta portée, cette Connaissance que les Essences cosmiques ont léguée à nos Princes!

«Les Essences cosmiques? Ils ne m'ont donc pas emmené ici par erreur!»

— Notre Guide suprême a reçu des

Essences cosmiques le don le plus précieux et le plus rare: l'immortalité! Depuis des temps immémoriaux, il règne sur son armée de mortels! Frère, nous sommes les soldats des Essences cosmiques! Elles commandent et nous obéissons. Notre vie leur appartient!

«Ils ne parlent plus de serviteurs, mais de soldats!»

— Depuis des milliers d'années, notre planète est l'enjeu d'un terrible combat. Un Ennemi sournois et acharné prolifère dans la galaxie. Il harcèle ceux que nous adorons et il cherche à s'infiltrer partout. Cet Ennemi menace l'Équilibre de notre monde. En tant que soldats des Essences cosmiques, nous devons lutter jusqu'à la mort contre cet Ennemi farouche!

Ces paroles avaient été formulées avec un tel pouvoir de conviction que Nicolas frémit.

— À l'origine, notre monde était peuplé par les Robustes et les Fragiles, c'est-à-dire par les vrais hommes et les vraies femmes. Les Robustes gouvernaient, accomplissaient les tâches les plus nobles, devenaient guerriers quand la situation l'exigeait. Les Fragiles servaient les Robustes et élevaient leurs enfants. Cela était conforme à la volonté des Essences cosmiques.

Brusquement, il écarta les bras dans un geste théâtral:

— Puis l'Ennemi supérieur s'est rapproché de nous et son influence s'est étendue sur notre planète! L'Équilibre s'est rompu! Notre monde, auparavant si pur, a vu apparaître les Androgynes!... Les Androgynes!

— À mort! hurlèrent des voix.

«Les Androgynes! songea Nicolas en se raidissant. J'avais raison depuis le début! Les assassins de Stark sont autour de moi en ce moment!»

Cette pensée le remplit d'un sentiment d'horreur qu'il n'avait jamais éprouvé auparavant.

— Les Androgynes ne sont ni des hommes ni des femmes malgré leur apparence normale! Ils ont sali l'humanité en rejetant les anciens préceptes! Ils se sont attaqués à l'équitable direction de la société par les plus forts! Au rôle des hommes et des femmes! À la famille! À la soumission des jeunes! À la légitimité de la guerre! Ils ont tout infecté!

Pendant que le chef parlait, les fidèles s'agitaient de plus en plus, comme si le discours soulevait en eux des pulsions irrésistibles.

— Les Essences cosmiques nous demandent de lutter pour la Purification de la Terre. La Purification! La Grande Purification!

— Purifier! cria l'assemblée. Purifier la Terre!

«Les Androgynes doivent être purifiés», se souvint Nicolas.

— Voilà notre mission. Débarrasser notre planète de ces Androgynes! Redonner aux hommes et aux femmes leur rôle naturel! Remettre la direction de la société aux Princes qui ont reçu les Clés de la Connaissance! À leur tête, il y aura notre Guide suprême, l'Immortel que nous vénérons et à qui nous avons donné notre vie! Gloire aux Princes, car ils dirigeront la Terre!

— Gloire!

— Gloire à notre Guide suprême, car il possède le don d'immortalité!

— Gloire!

— Gloire à l'Invisible Puissance, car elle vaincra l'Ennemi!

— Gloire à nous, soldats de la Purification!

Nicolas était sidéré.

«On dirait une assemblée de nazis dans l'Allemagne hitlérienne!»

— Frère! tonna le chef en le désignant.

J'ai le privilège et l'honneur de diriger cette faction. J'appartiens aussi au Conseil des Princes. Désormais, tu m'appelleras Grand Dragon.

Maintenant que l'attention de tous s'était tournée vers lui, Nicolas se sentait pris au piège.

— Nos Frères t'ont introduit dans ce temple sacré parce que tu as été jugé digne d'accéder à un niveau supérieur. Le temps est venu de prêter le serment qui te liera à nous. Acceptes-tu, Frère?

Le ton employé ne permettait évidemment qu'une réponse: le consentement. En outre, Nicolas savait qu'il s'était trop compromis pour faire volte-face.

— Hésiterais-tu, Frère? interrogea le chef sur une note menaçante.

— Pas du tout! Seulement, je... je suis impressionné! Je ne m'attendais pas à vivre cela!... Pardonnez-moi, Grand Dragon!

— Tu es pardonné. Approche-toi.

L'assemblée se sépara, dégageant ainsi un passage jusqu'à la tribune. Nicolas s'avança entre les deux rangées de robes noires.

Puis il contourna le brasier et s'arrêta aux pieds du Grand Dragon.

— Regarde les flammes! Le serment que

tu prononceras sera indélébile, Frère. Les Essences cosmiques t'écoutent.

«Je ne veux pas faire ça!» se dit Nicolas paralysé par la terreur.

Mais il n'avait pas le choix. Il devait jouer le jeu, sinon qui sait ce qu'il adviendrait de lui?

— Frère, reconnais-tu les Essences cosmiques comme les possesseurs légitimes de notre planète?

— Oui, répondit-il d'une voix tremblante.

— Reconnais-tu notre Guide suprême et le Conseil des Princes comme les représentants des Essences cosmiques sur la Terre?

— Je les... reconnais.

«Maîtrise ta voix! s'ordonna-t-il. Ou ils se douteront que tu n'es pas sincère!»

— Acceptes-tu de devenir un soldat de l'Invisible Puissance et d'obéir aux ordres qui te seront donnés?

Il hésita.

— Tu ne réponds pas!... Acceptes-tu de servir aveuglément l'Invisible Puissance?

— Oui, oui, j'accepte!

— Es-tu prêt à te battre pour le retour de l'Équilibre, afin que seuls les Robustes et les Fragiles peuplent de nouveau la Terre? Es-tu prêt à te battre pour la Grande Purification, à lutter sur tous les fronts contre l'Ennemi supérieur et contre les Androgynes?

«Contre les Androgynes? Contre Stark? Non, non, s'il vous plaît, non!»

— Je... suis prêt, dit-il.

— Es-tu prêt à mourir pour l'Invisible Puissance?

«Mourir? Mais je ne veux pas mourir!»

— Oui, je suis prêt.

— Répète après moi. Je consens, si je trahis le secret de l'Invisible Puissance...

— Je consens, si je trahis le secret de l'Invisible Puissance...

— ... à mourir guillotiné pour expier mon crime!

— ... à mourir... guillotiné... pour expier mon crime.

— Frère, te voilà membre de l'Invisible Puissance comme nous tous! Tu es désormais et pour toujours un soldat du Guide suprême! Sois le bienvenu parmi nous.

— Gloire à l'Invisible Puissance! répondirent les autres. Gloire à notre Guide suprême!

Après un silence, la voix du Grand Dragon retentit de nouveau:

— Pour participer pleinement à notre

oeuvre, Frère, il te reste à être purifié!

Il tendit les bras vers Nicolas, et quatre individus sortirent des rangs.

— Celui qui surmontera les terreurs de la mort s'élèvera au-dessus de sa condition et sera initié à la Connaissance!

«Ils n'ont quand même pas l'intention de me tuer?»

Les quatre fanatiques l'empoignèrent.

— Frère, tu vas subir notre épreuve. À l'issue de cette expérience, tu seras purifié. Rappelle-toi qu'un soldat du Guide suprême ne doit montrer ni crainte ni souffrance!

Presque malade de terreur, il se laissa conduire sans opposer de résistance. On l'entraîna dans un coin de la salle.

Quelqu'un souleva une trappe et les fanatiques l'obligèrent à descendre une volée de marches. Dans l'espèce de fosse où ils aboutirent, l'obscurité était totale.

On le guida sur une distance de plusieurs mètres. Puis on le laissa tomber sur un sol visqueux et froid. Sa montre lui fut arrachée. Une porte frotta lourdement contre le plancher et un claquement retentit.

Les quatre soldats de l'Invisible Puissance étaient partis. Tout était devenu silencieux.

Il se releva, abaissa sa cagoule et chercha la porte à tâtons. Quand il l'eut trouvée, il comprit qu'elle ne s'ouvrait pas de son côté.

— Pourquoi me laissez-vous ici? hurla-t-il.

Les murs lui renvoyèrent l'écho de son cri.

Chapitre 8

La Purification

Après avoir tâtonné un long moment dans l'obscurité, Nicolas put se représenter sa cellule avec une certaine précision.

Creusée dans la roche, elle mesurait environ cinq mètres sur six, et son plafond s'élevait à un peu plus de deux mètres. Elle ne contenait aucun meuble, pas même une cuvette ni un lavabo. Des dalles en béton formaient le plancher.

L'humidité se répandait sur le sol en flaques gluantes. Une partie de la robe de Nicolas était déjà trempée. S'étant déniché un coin plus ou moins sec, il s'y effondra.

«Impossible de me sauver d'ici et personne ne sait où je me trouve! Je suis à la merci de ces fous!»

Le froid se logeait dans ses reins et dans ses jambes. Il se leva et il fit quelques pas afin de se réchauffer.

Inutile. Il était déjà glacé des pieds à la tête.

Il commença à grelotter.

Puis il se mit à tousser.

«Ils veulent que je crève! Mais ils ne m'auront pas, les salauds! Je ne me laisserai pas mourir comme ça!»

Sa toux augmentait. Il décida de rester debout tant que la fatigue ne le forcerait pas à se rasseoir.

Il s'adossa à un mur. L'humidité s'attaqua à son dos, puis à sa nuque, et il dut s'en éloigner.

Pour combattre une crampe qui nouait sa cuisse gauche, il accomplit quelques flexions. L'exercice chassa la douleur momentanément.

Par la suite, il fut incapable de demeurer debout. Son envie de dormir le faisait vaciller. Il s'assit, puis il se coucha sur le côté. Les frissons le reprirent de plus belle. En touchant son visage, il s'aperçut qu'il était brûlant.

La fièvre!

Peu à peu, la langueur de son corps se communiqua à son esprit...

Il s'éveilla en sursaut, persuadé d'avoir entendu un bruit. Il prêta l'oreille.

Rien.

Il s'assoupit de nouveau et le phénomène se reproduisit. Mais cette fois, il avait la certitude d'avoir perçu quelque chose: un grésillement rappelant la sonnerie d'une porte d'entrée.

Un élancement dans la jambe gauche le força à changer de position.

Il avait chaud. Sa fièvre empirait.

Il s'endormit encore et le grésillement le tira du sommeil. Furieux, il se remit sur ses pieds.

Il fit les cent pas dans sa prison. De temps à autre, il devait s'arrêter pour tousser.

Puis on frappa à la porte.

«De l'aide?... Mais non! Inutile d'y penser, ce serait trop beau!»

Le battant fut poussé et quelqu'un dit avec rudesse:

— Recule jusqu'au fond et surtout ne tente rien!

Son visiteur était invisible dans l'obscurité.

— Je suis en train de mourir de fièvre! gémit Nicolas.

— Justement, je t'apporte une couverture et de quoi manger. Je te laisse ça à côté de la porte.

— Attendez! Ne me laissez pas!

— Stop, mon Frère! Si tu approches encore, je t'abats comme un chien. Tu ne me vois pas, mais je suis armé!

Nicolas recula jusqu'au mur.

— Combien de temps allez-vous me garder ici?

— Ton épreuve est loin d'être finie, c'est tout ce que je peux te répondre!

La porte refermée, il trouva une épaisse couverture de laine qu'il s'empressa d'enrouler autour de son corps. Il y avait aussi une assiette remplie d'une substance molle.

«Qu'est-ce que c'est que cette saloperie? On dirait de la viande crue! Ils ne s'attendent pas à ce que je mange ça?»

Il eut un haut-le-coeur, puis il abandonna l'assiette près de la porte. De toute manière, il n'avait pas faim.

Maintenant qu'il était mieux protégé contre le froid, sa toux se calmait petit à petit.

«Je vais encore essayer de dormir...»

Emmitouflé dans la couverture, il s'étendit sur le sol et il attendit le sommeil.

Le grésillement le réveilla.

«Ils m'observent, j'en suis sûr. Avec une caméra aux infrarouges ou un truc de ce genre. Chaque fois que je m'endors, ils déclenchent la sonnerie pour me garder éveillé!»

Il tenta désespérément de distinguer quelque chose à travers les ténèbres.

«Qu'est-ce qu'ils veulent? Me briser psychologiquement?... Oui, c'est sûrement de cette façon qu'ils fabriquent leurs soldats. En cassant leur personnalité par une série d'épreuves... Mais je ne veux pas devenir un zombi, moi!»

Il se jeta contre la porte qu'il martela jusqu'à se faire mal.

— Laissez-moi sortir! Je ferai tout ce que vous voudrez, mais laissez-moi sortir! Je suis malade, entendez-vous? S'il vous plaît! Laissez-moi sortir!

Il s'affaissa.

Longtemps, il demeura prostré à côté de la porte, sans volonté, comme un malade incurable qui attend la mort.

Il s'endormit à plusieurs reprises, mais la sonnerie le réveillait chaque fois.

Accablé de solitude et de désespoir, il s'aperçut que son esprit s'engourdissait, que les idées s'en échappaient par des fissures immatérielles.

Des images et des sons voguaient paresseusement en lui.

Il revit Stark sur la scène du Stade olympique. Il réentendit sa voix. Il se remémora des bribes de chansons qu'il avait interprétées ce soir-là.

Ses pensées tremblotaient, s'effilochaient, se dissipaient...

«Le trafic de la drogue se porte bien! On voit de plus en plus de crimes à connotation raciste! Et les néo-nazis, même au Québec, sont en train de se faire un nid!

«Les néo-nazis sont en train de se faire un nid...

«En Europe, on observe de nouveaux conflits armés de même que le retour de la purification ethnique qu'on croyait disparue avec Hitler!

«Mais Hitler a encore des adeptes... Les nazis existent toujours... Ils sont ici... Je suis entre leurs mains...

«Mort aux Androgynes! Stark = Androgyne! Stark doit être purifié!

«Hélène... Hélène, où es-tu? Que fais-tu?... Sauve-moi, appelle la police... Je t'aime, petite soeur... Tu es malheureuse, je le sais bien... J'aurais tellement voulu te rendre heureuse!... J'aurais voulu t'aider!... Hélène, petite soeur, petite soeur...»

Plus tard, la faim le poussa vers le plat de nourriture.

Il prit une des boulettes. Elle était si glissante qu'elle lui échappa des doigts et retomba dans l'assiette. Il en choisit une autre qu'il mit dans sa bouche, non sans hésitation.

Il la recracha aussitôt. Sa texture ressemblait à celle du foie et son goût était immonde.

Il vomit.

Par la suite, en répétant sa tentative, il eut le courage de mordre dans la boulette. Il en avala une bouchée, puis une deuxième. Contrairement à ce qu'il pensait, ce n'était pas de la viande, plutôt une pâte marinée.

Il vida l'assiette.

Il se sentit bientôt plus fort. Un bien-être inattendu s'insinua même en lui. Était-ce parce qu'il avait mangé ou parce que la nourriture contenait un médicament?

Sa fièvre baissa. Ses quintes de toux s'espacèrent.

«Ce ne sont peut-être pas des bandits, après tout. S'ils me soignent, c'est qu'ils ont de bonnes intentions!»

Il eut un fou rire.

Il n'avait plus peur.

Plus peur de rien.

L'épreuve horrible qu'il venait de vivre était finie.

Effacée!

Il s'était énervé pour rien. Tout allait bien. Sa prison était presque confortable, à bien y penser.

On lui amena une nouvelle assiette ainsi qu'un gobelet.

— Eh! ne pars pas, mon vieux! Qu'est-ce que tu m'as apporté? Du vin?... C'est gentil! Viens ici, je t'offre un verre!

Mais son visiteur était déjà parti.

Il porta le gobelet à ses lèvres:

— De l'eau! Bah! je m'en fous, j'ai soif!

Il se coucha sur la couverture imprégnée d'humidité.

Rapidement, il découvrit que le supplice de la sonnerie n'était pas terminé.

Enragé d'avoir été réveillé encore une fois, il projeta sur les murs tout ce qui était à sa portée: la couverture, l'assiette, le gobelet.

— Allez-vous me laisser dormir? cria-t-il.

Il fit une crise de larmes qui dura longtemps. Ensuite, ce fut l'apathie.

Il oubliait son identité. Son corps même devenait insensible.

Lorsqu'il avait faim, il s'approchait du plat et dévorait les boulettes sans hésiter. Lorsqu'il avait envie d'uriner ou de déféquer, il se rendait dans un coin comme un animal bien dressé. Son état quasi léthargique l'empêchait d'être incommodé par les odeurs.

Une mélodie rythmée se faufila dans son esprit.

Un instant, il crut la reconnaître, mais elle avait déjà disparu. Où se cachait-elle?

À quatre pattes, il fouilla sa prison pour la retrouver.

— Où es-tu? Reviens! Ne me laisse pas seul!

Il était triste de l'avoir perdue, car il aimait cette musique. Oh! oui, il l'aimait plus que tout au monde!

Il la vit rejaillir d'un mur, flotter vers lui et tournoyer autour de sa tête.

Qu'elle était belle! Lumineuse, douce, vaporeuse...

Il lâcha un cri de joie. Il venait de la reconnaître!

C'était *Bottle in a Spaceship*, la superbe, l'extraordinaire chanson de Stark!

Il se redressa en vacillant, voulut saisir les notes colorées qui virevoltaient dans l'air. Curieusement, ses mains se refermaient sur le vide.

C'est alors qu'on lui saisit un bras.

— Laaaa céréééémoniiiie vaaaa aaaavoir lieueueueu, Frèèèère... Suiiiis-moi...

Ces mots déformés s'étirèrent à l'infini. La musique de Stark subissait la même distorsion.

Un temps passa.

Nicolas n'avait plus conscience de rien.

***

Soudain, une voix l'arracha des ténèbres:

— Frère, te voici parvenu à la dernière étape!

Qui donc parlait? Cette assurance lui rappelait quelqu'un...

Et pourquoi diable ne voyait-il rien? Était-il devenu aveugle?

— Tu combattras à mort les Andro-gynes, Frère. Les Androgynes n'ont pas leur place sur cette planète. Il faut les détruire tous!

— Il faut les détruire tous! approuvèrent des voix.

«Les détruire, oui, pensa-t-il. Détruire les Androgynes...»

— Les Robustes élimineront les Androgynes. Car les Androgynes ont rompu l'Équilibre. Les Androgynes doivent être purifiés!

— Les Androgynes doivent être purifiés!

«Oui, oui, je suis d'accord...»

— Notre monde a besoin d'une Grande Purification. Le Chaos purificateur se déploiera partout. Le Chaos est l'unique façon d'éliminer les Androgynes et de sauver l'humanité. Après le Chaos, il ne restera plus que les Robustes et les Fragiles, les vrais hommes et les vraies femmes!

— Le Chaos purificateur! cria l'assemblée.

— Le Chaos! répéta Nicolas.

— Une fois les Androgynes éliminés, la direction du monde sera remise au Conseil des Princes et au Guide suprême. Détenteurs de la Connaissance, ils replaceront l'humanité sur la bonne voie. Vive le Chaos!

— Vive le Chaos purificateur!

«Tuer les Androgynes! Je veux le Chaos! Le Chaos purificateur qui nous sauvera!»

— Vive le Chaos! vociféra-t-il.

— Nos adversaires les plus redoutables sont ceux qui parlent au nom de la soi-disant justice! Par leurs discours et leurs actions, ils affaiblissent l'humanité, l'empoisonnent et la détruisent graduellement. Ils amollissent l'esprit et l'âme des individus. Ils tuent leur volonté naturelle de se battre et de dominer. Les Androgynes doivent être purifiés!

— Purifiés! cria Nicolas avec frénésie.

— Nous nous sommes réjouis quand l'une de nos Soeurs a éliminé le chanteur Stark. Mais il existe d'autres Androgynes tout aussi dangereux que lui, d'autres Androgynes qui prononcent les paroles amollissantes, qui diffusent la musique des Sauvages. Nous devons les abattre un par un!

— Mort à Stark! Mort aux Androgynes! Mort aux Sauvages!

— Cette musique doit disparaître! Elle envoûte la jeunesse du monde entier, la rend semblable aux animaux, la corrompt! Les Androgynes l'ont empruntée aux Sauvages pour affaiblir les jeunes, pour en faire des dégénérés comme eux.

Il faut éliminer ceux qui propagent cette musique empoisonnée!

«Il a raison! Et Hélène a raison, elle aussi! Elle déteste la musique parce qu'elle est pure! Moi, j'étais corrompu!»

— Mort à Stark! lança-t-il. Stark l'Androgyne doit être purifié!

Cette fois, il avait été le seul à parler.

— Frère, reprit le Grand Dragon. Tu es des nôtres, tu es un soldat du Guide suprême. À présent, montre-nous ta colère!

Nicolas eut l'impression que ses paupières s'ouvraient tout d'un coup.

Dans sa main droite, il vit une hache. Une musique assourdissante s'enfonça dans ses oreilles et il hurla de douleur.

«Tais-toi, Stark, espèce de monstre! Tu me fais mal! Arrête!»

Sorti de nulle part, Stark fonça sur lui en brandissant une guitare électrique. Nicolas souleva la hache et l'abattit sur la tête de son agresseur. Quatre autres Stark apparurent. Leurs guitares électriques fendaient l'air autour de Nicolas.

Trop nombreux pour lui seul! Reculer!

Un escalier, là, juste derrière lui. Il gravit les marches en courant. Ne pas laisser les Androgynes le rejoindre!

En haut, deux nouveaux Stark l'attendaient.

La hache! Vite!

L'un d'eux s'écroula, le crâne fendu.
L'autre perdit une main dans un éclabous-
sement de sang.

Nicolas se remit à courir.

«Cours! Cours, si tu veux accomplir ta
mission! Servir le Guide suprême! Être un
soldat de l'Invisible Puissance!»

Une guitare traînait sur le sol. À grands
coups de hache, il la réduisit en miettes.

«Plus de musique de Sauvages! Ah! ah!
ah! ah! ah! Le Chaos purificateur, voilà
ce que je veux! Je suis prêt à y participer,
oui! À me donner corps et âme au Chaos!
Ah! ah! ah! ah! ah!»

Il cessa de courir.

Il haletait. Il était étourdi. Il était à bout de
force.

Quelqu'un lui attacha les poignets.

— Ah! vous voilà, mes Frères... Vous
voulez que je vous suive? Très bien, très
bien... Pour aller où?

La nuit tomba comme un voile dans son
esprit.

Il sentit des mains qui le poussaient en
avant.

Il marcha longtemps. Souvent, il tré-
buchait.

— Je suis épuisé, mes Frères...

Bruits de portières qui se ferment. Ronflement d'une voiture en marche.

Nicolas s'endormit.

Chapitre 9

Brumes

— Réveille-toi! Réveille-toi donc!

— Mmm...

— Ouvre les yeux! Regarde-moi!

— Je veux dormir...

— Où étais-tu, Nicolas? Que t'est-il arrivé, dis-le-moi!

— Foutez-moi la paix...

À travers le brouillard, un visage bouleversé de jeune fille. Elle ne lui était pas tout à fait inconnue. Pourquoi avait-elle l'air aussi inquiète?

Puis une brise dissipa le brouillard et il la reconnut:

— Hélène?

Il examina la pièce où il se trouvait. Sa chambre! Il était couché dans son lit!

— Qu'est-ce que je fais ici?

— À quoi tu joues, Nicolas? Ce n'est pas drôle! Ce n'est pas drôle du tout!

Les mains plaquées sur la figure, elle se mit à pleurer. Il l'avait vue pleurer de rage au cours de l'année, mais jamais de tristesse. Un événement grave avait dû se produire.

Déjà, la détresse d'Hélène s'était muée en une froide colère:

— Où étais-tu? Tu vas me le dire, oui?

Il commença à avoir peur. Elle était si furieuse qu'elle semblait prête à le frapper! Et il se sentait coupable de ne pas comprendre.

— Explique-moi, Hélène...

Elle explosa:

— T'expliquer? Tu me demandes ça à moi? Tu disparais pendant cinq jours et tu voudrais que je t'explique?

Ce n'était plus de la colère qui l'enflammait maintenant, mais une émotion très proche de la haine.

— Qu'est-ce qui t'a pris de partir comme ça? Tu voulais me rendre folle, hein? Tu le savais que ça me ferait du mal?

S'arrêtant de parler, elle s'essuya les yeux et renifla plusieurs fois.

Quand elle poursuivit, sa voix s'était adoucie:

— Je te croyais mort. Je pensais t'avoir perdu!

Elle fit une nouvelle pause et Nicolas demanda:

— Comment m'as-tu retrouvé?

Elle le dévisagea avec stupéfaction:

— Tu ne te souviens de rien?

Il fit signe que non. Elle soupira.

— Il y a quinze minutes, je suis rentrée et je t'ai trouvé dans ton lit. C'est tout ce que je sais, moi!

Il était abasourdi. Il avait beau fouiller sa mémoire, les souvenirs des derniers jours restaient insaisissables.

— En tout cas, fit Hélène avec impatience, laisse-moi te dire que tu n'es pas beau à voir! Tu as encore maigri! Tes vêtements sont déchirés! Tu es sale et tu pues! J'ignore ce que tu as fait, mais j'espère que tu n'es pas fier de toi!

Il garda le silence. Sa tête n'était plus qu'un ballon rempli d'air.

— Va donc te faire foutre! lança Hélène en quittant la chambre.

— Hélène... Hélène... Je...

Puis le brouillard s'abattit de nouveau sur lui et il replongea dans le sommeil.

***

Il passa les jours suivants à dormir.

Aussitôt éveillé, il appelait sa soeur et il lui réclamait de quoi manger. C'était tout ce qu'il avait la force de dire.

Hélène fit venir un médecin qui parla de surmenage.

***

Puis Nicolas commença à émerger des brumes où il s'était perdu.

Il demeurait réveillé plus longtemps et pouvait même tenir de brèves conversations.

— Je ne sais pas comment te le dire, Nicolas... Ta boutique... Elle a été incendiée... La compagnie d'assurances a...

— Quoi! Qu'est-ce que tu racontes?

Hélène regardait son frère avec compassion. Avec pitié presque.

— C'est arrivé avant ton retour, durant la nuit. D'après les enquêteurs, ce serait un incendie criminel.

— Ma boutique? Ma boutique... détruite?

Cette nouvelle l'avait démoli. Il voulait dormir encore.

Dormir pour ne plus jamais se réveiller.

***

Il fit un rêve à la fois étrange et horrible.

Il faisait éclater d'un coup de poing la vitrine de sa boutique et s'introduisait par l'ouverture en transportant un bidon.

«Sale musique! Musique de Sauvages, d'Androgynes! Détruire! Purifier!»

En aspergeant le plancher, les présentoirs, les murs, il s'imaginait l'incendie qu'il provoquerait.

«Purifier par le feu en attendant le Chaos!»

Le feu, les flammes, c'était si beau! Gloire, gloire au feu purificateur, gloire au Guide suprême et à l'Invisible Puissance!

Tandis qu'il sortait un briquet de sa poche, son rire ne voulait plus s'arrêter. Il riait, riait, riait comme un dément.

Plusieurs fois, il se réveilla en sursaut. Aussitôt qu'il se rendormait, le même cauchemar fondait sur lui.

***

D'autres souvenirs se creusèrent un passage dans sa mémoire engourdie.

Il crut qu'il était en train de devenir fou.

Il se rappela une cellule glacée et humide. Il se retrouva au milieu de gens portant une robe noire et une cagoule. Il revit, en mille exemplaires, un symbole évoquant un couperet de guillotine. Il réentendit des discours abominables.

Entre deux périodes de sommeil, il se réfugiait dans un silence impénétrable.

***

Un matin, il appela Hélène dès qu'il eut ouvert les yeux. Elle entra dans la chambre.

— Je m'en vais au cégep, dit-elle. Je ne peux plus me permettre de manquer un seul autre cours.

— Tu t'es absentée pour moi? Juste pour moi?

Elle détourna les yeux. Il se redressa péniblement et il s'assit au bord du lit.

— Hélène, c'est affreux...

— Qu'est-ce qui est affreux?

— Je me souviens de tout maintenant!

C'est... épouvantable!... Je... J'ai honte, je voudrais mourir!

Elle parut effrayée. Devait-il lui dire? Devait-il lui faire le récit de l'horreur qu'il avait traversée?

Elle était gentille avec lui et cela aussi le chavirait. Il ne la reconnaissait plus, il ne se reconnaissait plus lui-même. La réalité avait basculé.

«Non, je ne le lui dirai pas... Pas tout de suite... Je ne peux pas le lui dire!»

Elle lui conseilla de prendre encore du repos. Il s'endormit peu de temps après son départ.

***

Le téléphone sonna au milieu de l'après-midi.

Lentement, il marcha jusqu'au salon.

— Je voudrais parler à Nicolas Saint-Laurent, dit une voix d'homme.

— C'est moi...

Un bref silence, puis:

— Bonjour, Frère.

Le choc le réveilla tout à fait. Il s'appuya contre le mur pour conserver son équilibre.

— Tu es convoqué à une réunion ce soir.

Présente-toi au coin des rues Godin et Sainte-Luce à dix-neuf heures. Nous viendrons te prendre.

Ce fut tout. Il s'écroula sur le fauteuil.

Il avait froid. Ses mains tremblaient. Si la pièce n'arrêtait pas de tourner autour de lui, il se mettrait probablement à vomir.

— NON! hurla-t-il à pleins poumons.

Il ferma les yeux et il respira lentement. La nausée s'effaça petit à petit.

«Que se passe-t-il en moi? Que m'ont-ils fait, ces monstres, pour que je me sente aussi... minable?»

Sa respiration redevenait normale. Son esprit s'éclaircissait.

«Convoqué à un rendez-vous! Mais je n'ai aucune intention d'y aller! Pas question d'avoir d'autres contacts avec eux!»

Le serment devant le Grand Dragon remonta à sa mémoire.

«Je leur ai juré fidélité! Quelle bêtise ai-je faite là? D'après leurs règles, les traîtres sont passibles de mort! Je suis coincé! Si je ne vais pas à leur rendez-vous, ils me tueront!»

Il tourna la tête vers le téléphone.

«La police! Vite!»

Il se rua sur l'appareil. Au moment de décrocher, il hésita.

«S'ils apprennent que j'ai parlé à la police, je suis mort! D'ailleurs, mon téléphone est probablement sous écoute électronique. Peut-être même un tueur est-il posté devant l'immeuble en ce moment!»

Il s'approcha de la fenêtre et il inspecta la rue.

Au premier coup d'oeil, tout semblait normal. Mais cela ne signifiait rien.

Il s'assura que les portes étaient verrouillées, il ferma les fenêtres, baissa les stores.

Son esprit recommençait à s'embrouiller. Sa nausée revenait. Il avait envie de pleurer comme un bambin.

— Je ne sais plus quoi faire! Aidez-moi, quelqu'un!

De retour au salon, il regarda les piles de disques compacts qui occupaient un coin de la pièce. Religieusement, comme s'il accomplissait un important rituel, il plaça un disque des *Firemen* sur le plateau du lecteur au laser.

La musique l'aida à se relaxer.

Affalé sur la moquette, la tête posée sur un coussin du fauteuil, il s'abandonna à sa tristesse et à son désespoir.

***

Trop désemparé pour trouver une solution à ses tourments, il se résigna à aller au rendez-vous.

Il dit à Hélène qu'un peu d'exercice lui ferait du bien et qu'il ne rentrerait pas tard.

Le contact se fit dans les mêmes conditions que la première fois. À aucun moment, il n'aperçut le visage de ses guides. Il n'eut pas non plus le moindre indice sur la destination du véhicule.

Mais le programme commença à se modifier quand on le laissa seul dans la pièce éclairée à la chandelle. La robe qu'il trouva sur le sol était noire au lieu d'être grise. Elle portait aussi le symbole en forme de couperet de guillotine.

Ces différences, évidemment, avaient une signification.

Désormais, Nicolas était reconnu comme un membre à part entière de l'Invisible Puissance.

Lorsque l'assemblée débuta, il comprit qu'elle comporterait des changements, elle aussi.

Au bout de la tribune où était assis le Grand Dragon, on avait installé un compartiment pareil au box des accusés d'un tribunal.

Tous les regards étaient tournés dans cette direction.

On traîna quelqu'un jusqu'à ce compartiment. Il s'agissait d'un jeune homme qui ne portait ni la robe ni la cagoule. Il avait l'air terrifié. Il se débattait, mais les soldats le tenaient vigoureusement.

— Voici donc le traître! dit le Grand Dragon. Voici le complice des Androgynes qui avait réussi à s'infiltrer parmi nous!

Des cris de haine fusèrent des quatre coins de la salle.

— Il s'appelle Claude Moulin! reprit le chef. C'est un étudiant. Il a été surpris à voler des documents de l'Invisible Puissance. Seuls les Princes ont le droit de consulter ces textes sacrés. Cet homme a commis un odieux sacrilège!

Il haussa encore le ton quand il s'adressa directement à l'accusé:

— Claude Moulin, reconnais-tu les crimes dont nous t'accusons?

— Je n'ai rien à dire, bande de clowns! Vous n'avez pas le droit de me garder ici!

— Reconnais-tu avoir tenté de voler des documents secrets?

Un rictus tordit la bouche de Claude Moulin:

— Vous êtes des bandits! Il faut bien que la population apprenne ce que vous voulez faire!

— Le traître a avoué! Il était devenu membre d'un de nos groupes dans l'unique but de nous espionner. Délibérément, il a trompé nos Frères et nos Soeurs qui avaient confiance en lui.

— De la frime, tout ça! cria le jeune homme. Vous me faites rire avec vos Essences cosmiques et vos Androgynes!

— Il a l'audace de nous insulter! Faites-le taire immédiatement!

Ses gardiens tentèrent de l'immobiliser, mais il se démena de plus belle.

— Vos foutus Princes sont des criminels, des trafiquants, des assassins! Ils subventionnent les groupes néo-nazis! Ils...

Un coup de poing à la mâchoire le força à se taire. Quelqu'un d'autre lui écrasa le nez et il s'évanouit.

— Appliquons la sentence, dit calmement le Grand Dragon. Selon la loi des Essences cosmiques, une trahison signifie la mort.

Moulin fut amené au milieu de la salle. Ensuite, des soldats transportèrent un dispositif que Nicolas reconnut avec effroi.

Une guillotine!

«Mais ils vont vraiment l'exécuter! C'est abominable!»

On coucha le condamné à plat ventre sur un banc et quelqu'un ajusta sa tête entre les montants du mécanisme. Le jeune homme était toujours inconscient.

«Ils ne feront pas ça! Ils ne sont pas fous à ce point!»

— Mes Frères, mes Soeurs, déclara gravement le chef, nous allons assister à l'anéantissement d'un ennemi. Rappelez-vous que cet homme a servi les Androgynes, les adversaires jurés des Essences cosmiques. Que le châtiment soit rendu!

Il fit un signe de la main et un fanatique s'affaira près de l'échafaud.

«Névrosés, malades, monstres, assassins» se disait Nicolas en tremblant de rage et de peur.

— Maintenant! commanda le Grand Dragon.

Libéré, le couperet glissa entre les montants de la guillotine et s'abattit sur le cou du prisonnier.

Nicolas avait fermé les yeux.

Il les rouvrit seulement lorsque les soldats commencèrent à parler autour de lui.

Mais il n'osa pas regarder en direction du cadavre.

Après l'assemblée, on le ramena avec les mêmes précautions qu'à l'aller.

**

Nicolas dormait très mal et ne mangeait presque plus rien.

Il ne sortait plus, n'écoutait plus de musique, ne regardait plus la télé.

Il ne répondait plus au téléphone lorsqu'il était seul.

À cent reprises au cours d'une journée, il surveillait les passants et les voitures qui circulaient devant chez lui. Il pleurait souvent, sursautait au moindre bruit et passait des heures effondré dans son fauteuil.

Pourtant, il dut affronter la police et les enquêteurs de la compagnie d'assurances venus l'interroger sur l'incendie de sa boutique.

En répondant à leurs questions, il ressentit maintes fois l'envie de se laisser aller complètement, de tout leur raconter, de remettre son sort entre leurs mains. Il se retint cependant de le faire.

Quelle sorte d'homme était-il devenu? Il ne le savait pas très bien. Il éprouvait une honte insupportable. Un sentiment de culpabilité l'écrasait.

Mais surtout, il avait peur.

Depuis la dernière assemblée, il craignait d'être exécuté de la même façon barbare que Claude Moulin s'il ne se conformait pas à ce que l'Invisible Puissance attendait de lui.

Chapitre 10

Pleine lune

La sonnerie du téléphone retentit.

Hélène était absente.

Cinq coups... Dix... Quinze...

Nicolas décrocha finalement.

— Frère, on te demande d'accomplir un acte de purification. Le sacrifice devra avoir lieu à la pleine lune. Demain soir, donc.

Il avait bien entendu, mais ça ne pouvait pas être vrai! Cela faisait partie d'un rêve, certainement!

— L'Androgyne à éliminer s'appelle Anaïs. Tu la connais peut-être.

Anaïs? Mais c'était la plus grande vedette rock du Québec!

Sa célébrité s'accroissait d'année en année. D'ailleurs, sa carrière venait de prendre une nouvelle tournure, car des Américains étaient décidés à la faire connaître chez eux.

— Elle propage la musique des Sauvages et les idées des Androgynes. Elle doit disparaître. Ce sera ta première mission, Frère.

«Ils veulent me tester! Vérifier si je suis un bon soldat, un assassin fiable!»

— À la consigne du terminus d'autocars, casier numéro 5241, tu trouveras un pistolet chargé. La clé est dans ta boîte aux lettres... Demain soir, Anaïs enregistrera une émission à Radio-Canada. Elle devrait sortir des studios vers vingt-deux heures. Poste-toi devant l'édifice et attends-la.

— Elle sera accompagnée! Et moi, je...

— Il y a six balles dans le chargeur du pistolet. Comme tes Frères et tes Soeurs avant toi, tu devras t'arranger. Puise ton courage dans la noble cause que nous partageons.

«La pleine lune! se dit Nicolas quand son interlocuteur eut raccroché. J'avais raison aussi sur ce détail-là!»

Combien de crimes avaient été perpétrés par la société secrète depuis qu'elle existait?

Depuis quand existait-elle, au fait? Et combien de pays étaient le théâtre de ses activités?

Dans sa boîte aux lettres, il trouva une clé portant le numéro 5241.

Les soldats de l'Invisible Puissance le tenaient donc à l'oeil, comme il l'avait craint. Nicolas avait déjà constaté qu'ils connaissaient son numéro de téléphone. Il venait de comprendre qu'ils savaient aussi où il demeurait.

Lorsqu'il sortirait tout à l'heure pour se rendre au terminus, quelqu'un le suivrait sans doute.

Une fois dehors, il essaya de regarder droit devant lui en marchant.

Un paquet avait bel et bien été déposé dans le casier 5241.

«Me voici avec un pistolet caché sous ma veste, comme dans les films policiers...»

Il n'exécuterait pas le crime que l'on attendait de lui. Mais cette résolution ne l'avançait pas à grand-chose.

Il avait perdu la maîtrise de la situation. Jusqu'à un certain point, n'avait-il pas perdu aussi la maîtrise de sa volonté?

***

Il passa la soirée à se torturer l'esprit de mille façons.

À la fin, c'est le désespoir qui lui inspira une idée:

«Hélène! Elle a changé ces derniers jours! Elle s'est occupée de moi. Je lui raconterai mon histoire et elle m'écoutera, j'en suis sûr!»

— Hélène, lui dit-il quand elle arriva à la maison. Je voudrais te parler. J'ai des choses très graves à te dire...

Il était assis à la table de cuisine, abattu, implorant. Sa soeur prit une chaise sans dire un mot.

Il lui raconta tout: les graffiti, les crimes contre Stark et contre Grave, ses premières déductions, l'Église de Balthazar, l'Invisible Puissance, l'exécution de Claude Moulin et enfin le coup de fil de l'après-midi.

Elle avait blêmi en l'écoutant. Quand il eut fini, elle garda le silence en contemplant la table d'un oeil vitreux. Puis elle dit:

— C'est pour ça que tu t'enfermes ici depuis ton retour!

— Je ne sais plus quoi faire! Je suis foutu, Hélène!

— Tu refuses d'accomplir cette mission... Tu songes même à alerter la police... C'est ça?

— Exactement!

— C'est risqué, il me semble. Moi aussi, j'ai l'impression qu'ils te surveillent. Peut-être même qu'ils ont des complices parmi les policiers.

— Je n'y avais pas pensé! Mais alors, c'est pire que je le croyais! Si je ne tue pas Anaïs, c'est moi qu'ils exécuteront!

Hélène réfléchit un moment.

— Écoute, dit-elle. Tu es un nouveau dans cette... euh... Invisible Puissance. Ils ne s'attendent sûrement pas à ce que tout marche comme sur des roulettes avec toi. Tu l'as dit toi-même: ils te font passer une sorte de test. Rappelle-toi l'attentat manqué contre cet Américain. D'autres ont échoué avant aujourd'hui.

— Qu'est-ce que tu me proposes? De tirer sur Anaïs en faisant exprès de la rater?

— Non, la police te mettrait le grappin dessus en un rien de temps. D'après moi, tu devrais rester ici. Si l'Invisible Puissance te rappelle, dis que tu es malade.

— Et s'ils envoient quelqu'un pour m'exécuter?

— Tu as une arme. Si ça arrive, tu pourras te défendre.

— Mais je ne veux pas me servir de cette saloperie, moi!

Incapable de se retenir plus longtemps, il éclata en sanglots. Hélène lui toucha un bras:

— Laisse les choses aller... Nous verrons bien ce qui se produira... D'accord?

— Très bien, répondit-il en reniflant. Oui, c'est toi qui as raison.

Elle sortit de la cuisine.

— Hélène?

Elle se retourna.

— Merci! Tu me fais énormément de bien! Je... je suis si content que nous puissions enfin nous parler!

Un instant, elle sembla sur le point de dire quelque chose. Puis elle hocha la tête et pénétra dans sa chambre.

***

Le lendemain, après le départ d'Hélène pour le cégep, il barricada les portes d'entrée avec quelques meubles.

Il passa la journée à faire le guet derrière les fenêtres.

Vers la fin de l'après-midi, Hélène cogna sept fois selon le code convenu. Il poussa une commode et déverrouilla la porte.

— Je prépare le repas, annonça-t-elle en sortant des légumes du frigo.

Le soir approchait et Nicolas avait de plus en plus froid. Il endossa un chandail de laine et se recroquevilla dans son fauteuil.

Le pistolet, sur la petite table du salon, était pointé vers lui. L'arme lui faisait penser à un animal venimeux, scorpion ou araignée.

Il n'avait pas faim. Un noeud de douleur lui tordait l'estomac.

Lorsque Hélène commença à laver la vaisselle, il se mit à pleurer.

Un peu plus tard, il lui demanda:

— Crois-tu qu'ils vont téléphoner?

— Qui ça? répondit-elle sur un ton agressif.

— Mais l'Invisible Puissance, voyons! Penses-tu qu'ils vont téléphoner pour être sûrs que...?

— Comment veux-tu que je le sache?

Cette fois, elle avait crié. Nicolas se tut, surpris et intimidé.

Il entendit une assiette se briser sur le plancher de la cuisine. Hélène cracha une série de jurons.

«Elle est nerveuse... Comment pourrait-elle rester calme en sachant que son frère risque sa vie?»

Elle laissa tomber un chaudron qui rebondit avec des bruits de tambour. En jurant de nouveau, elle fonça dans sa chambre et elle fit claquer la porte.

Il tenta de se concentrer sur *Star Trek*, mais rien ne parvenait à le distraire.

Sur la table, l'arme à feu le guettait toujours.

Hélène traversa le salon sans lui adresser la parole. Elle s'immobilisa devant la fenêtre.

— Tu vois quelqu'un?

Elle ne répondit pas. Elle continuait à lui tourner le dos.

En se levant pour s'approcher d'elle, il se rendit compte qu'il la craignait. Pourtant, il avait besoin d'elle ce soir comme jamais, besoin de sa sympathie, de son affection! Il aurait tellement aimé qu'elle fasse un effort pour le réconforter! Il se sentait si petit, si faible, si puéril!

Il était tout près d'elle maintenant. Pardessus son épaule, il regarda à travers la fenêtre. Le soleil se couchait. La lune, pleine et déjà haute, semblait faire le guet audessus du quartier.

«Anaïs est en studio actuellement. Elle chante sans savoir que des gens veulent la tuer. Si l'Invisible Puissance avait choisi un autre soldat que moi, elle n'en aurait plus que pour quelques heures à vivre!»

Un doute épouvantable explosa alors en lui:

«Et si le Grand Dragon, prévoyant mon absence, avait mandaté un tueur supplémentaire?»

Pivotant sur lui-même, il braqua ses yeux sur le téléphone.

L'appareil était sous écoute électronique? Quelle importance? Il venait de comprendre que sa vie n'était pas la seule en jeu ce soir!

Si la société secrète avait réellement décidé qu'Anaïs devait mourir à la pleine lune, tout avait été mis en oeuvre pour que cela se réalise! En se croisant les bras, il se ferait le complice du crime, rien de moins!

Il s'élança vers le téléphone, saisit le combiné et commença à composer le numéro de la police.

— Raccroche, Nicolas!

Hélène s'était tournée vers lui et elle le regardait. Son sourire était rayonnant, presque caricatural. Il remarqua le tic nerveux qui agitait le coin de sa bouche.

— N'aie pas peur, articula-t-elle doucement. Tout va bien se passer.

Elle leva la main droite et il vit le pistolet dans son poing.

— Lâche ce téléphone, je t'ai dit!

Il raccrocha en tremblant.

— Tu as trahi, Frère. Tu connais le sort que nous réservons aux traîtres.

En un éclair, il comprit tout à propos de sa soeur.

Absolument tout!

Et cette compréhension subite annihila l'énergie qui lui restait.

— Non, Hélène... Je ne le crois pas...

— Je ne suis pas digne d'appartenir à l'Invisible Puissance, peut-être? Tu te penses supérieur à moi?

— Oh! Hélène!...

Il avait l'illusion que son corps rapetissait, que son esprit se désagrégeait, que son âme se flétrissait tandis qu'Hélène semblait grandir, se solidifier, prendre des forces à chaque seconde. Elle dit avec fierté:

— Je suis membre de l'Invisible Puissance depuis un an!

— Et je ne m'en étais pas aperçu... Je ne m'étais aperçu de rien...

Le sourire de la jeune fille devint méprisant. Elle secoua la tête:

— Te rappelles-tu quand tu m'as demandé si je me prostituais et si je vendais de la drogue?... Tu ne pouvais donc pas t'imaginer autre chose? Pourquoi tiens-tu tellement à croire que je suis une bonne à rien?

Écrasé sous le poids de son aveuglement, il murmura d'une voix fatiguée:

— Tes «copines» chez qui tu couchais... Tes activités dont tu ne me disais rien... Tes conversations téléphoniques à voix basse...

— Un ami du cégep m'a fait entrer dans un groupe néo-nazi. L'Invisible Puissance m'a recrutée ensuite. J'ignorais que tu t'étais infiltré parmi nous. Il y a plusieurs factions dans la région de Montréal, le savais-tu?

Elle s'exprimait avec tant d'aplomb qu'il ne la reconnaissait plus.

Toutefois, son tic avait empiré. Et sa figure était en sueur.

— Ce soir, j'accomplirai ma première mission! Tu es un traître. C'est la pleine lune et tu dois mourir!

— Mais je suis ton frère! lança-t-il.

Elle ne l'écoutait pas.

— Quand tu m'as raconté ton histoire

hier, il était évident que je devais informer mes chefs. Ils m'ont donné l'ordre de t'exécuter.

— As-tu perdu l'esprit? cria-t-il.

Le visage d'Hélène se durcit. Des tremblements secouèrent sa main qui tenait l'arme.

— C'est ce que tu penses de moi, hein? Tu as toujours pensé que j'étais folle, hein?

Elle le dévisageait avec une haine qui paraissait la brûler de l'intérieur. Dans l'unique espoir de gagner du temps, il demanda:

— Tu es entrée volontairement dans un groupe néo-nazi? Mais qu'est-ce qui t'a attirée vers ces gens-là? Qu'est-ce qui a bien pu te plaire dans ces saletés?

— La société est pourrie, répondit-elle sans hésitation. Les adultes, surtout, sont pourris. Il faut changer le monde de A à Z. Il faut le reconstruire.

— Pas comme ça! Pas avec ces moyens-là!

Il gémit:

— Je ne veux pas mourir! Surtout pas tué par ma soeur!

— Par moi ou par quelqu'un d'autre, qu'est-ce que ça change?

— Je t'aime, comprends-tu? Je t'ai toujours aimée!

Les doigts d'Hélène se crispèrent davantage sur la crosse du pistolet.

— Menteur!... Il y a un an, j'ai accepté de venir ici parce que je croyais que tu m'aimais, justement! Mais je me suis rendu compte assez vite que tu n'avais pas besoin de moi! Je n'étais qu'un objet encombrant, comme chez ma maudite mère! Je ne représente rien pour toi! Rien, rien, rien!

Ses yeux se remplissaient de larmes. Devant le silence stupéfait de son frère, elle poursuivit:

— Et ce soir, tu es assez dégueulasse pour me dire que tu m'aimes? Arrête de mentir! Tout ce qui t'intéressait, c'était ta boutique! Et ta sale musique de merde! Ta musique, si tu savais comme je la déteste!

Nicolas, anéanti, ne trouvait rien à lui répondre.

— As-tu une dernière volonté? demanda-t-elle en redressant les épaules.

— Une dernière volonté? Oh! oui, j'en aurais une... Je voudrais te serrer dans mes bras, ma petite soeur...

Le pistolet tressaillit dans le poing d'Hélène.

— L'année a passé vite, dit-il. Je m'aperçois qu'il n'y a eu entre nous que des malentendus... Mais il est trop tard... Dommage!...

Plus personne ne parlait.

Les tics qui défiguraient sa soeur s'étaient apaisés.

La sueur coulait moins abondamment sur son visage.

Dans quelques secondes, elle tirerait et Nicolas s'écroulerait sur le plancher.

— Adieu, mon frère, dit-elle presque tendrement.

En voyant son index appuyer sur la détente, il tendit les bras:

— Non! Ne fais pas ça!

Son cri la fit sursauter et il en profita pour bondir sur elle.

Des coups de feu éclatèrent.

Il y eut une explosion quelque part dans la pièce et toutes les lumières du logement s'éteignirent.

***

Appelés par des voisins, les policiers enfoncèrent la porte d'entrée et braquèrent leurs torches électriques sur les deux silhouettes allongées au milieu du salon.

Un homme dans la trentaine étreignait une jeune fille qui pleurait doucement. Personne n'était blessé.

Lorsque Nicolas avait foncé sur elle, Hélène n'avait pu se résoudre à tirer dans sa direction. Les projectiles avaient fait exploser l'amplificateur de la chaîne stéréo et provoqué un court-circuit dans le logement.

Épilogue

Le même soir, en sortant de l'immeuble de Radio-Canada, la chanteuse Anaïs reçut trois balles dans la poitrine, dont une lui perfora le poumon gauche. Des témoins affirmèrent avoir aperçu le tireur à l'intérieur d'une voiture garée devant l'édifice. Le véhicule redémarra aussitôt et on ne retrouva pas sa trace.

Anaïs mourut au cours de la nuit.

Hélène Saint-Laurent fut confiée aux soins d'un psychiatre. Celui-ci diagnostiqua une dépression nerveuse grave.

Nicolas Saint-Laurent raconta toute l'histoire à la police. Le dossier se rendit jusqu'au ministre de la Justice, qui ordonna une enquête sur l'Église de Balthazar. Quelques semaines plus tard, on porta contre la secte des accusations de fraude, de complot, de tentative de meurtre et de complicité pour meurtre.

Afin d'échapper à l'Invisible Puissance, Nicolas et sa soeur quittèrent Montréal.

Nicolas devint plongeur dans un restaurant, puis cuisinier dans une pizzeria. Depuis peu, il vit à Québec où il travaille comme livreur de mets chinois.

Plusieurs heures par semaine, il milite dans un mouvement dont le but est de combattre toute forme d'intolérance et, en particulier, le néo-nazisme.

Table des matières